HELEN BIANCHIN

Un marché scandaleux

collection Azur

éditions Harlequin

Cet ouvrage a été publié en langue anglaise
sous le titre :
THE ANDREOU MARRIAGE ARRANGEMENT

83-85, boulevard Vincent-Auriol, 75646 PARIS CEDEX 13 — Tél. : 01 42 16 63 63

Service Lectrices — Tél. : 01 45 82 47 47

www.harlequin.fr

ISBN 978-2-2802-1969-3 — ISSN 0993-4448

1.

Le souffle coupé, Alesha Karsouli resta assise en silence tandis que le notaire terminait la lecture du testament de son père.

Comment celui-ci avait-il pu, dans ses dernières volontés, stipuler qu'il vendait vingt-cinq pour cent des actions de l'entreprise familiale à Loukas Andreou, pour une somme certes colossale, mais surtout qu'il lui en *léguait* vingt-cinq autres pour cent ?

Elle se prit la tête dans les mains et se frotta les tempes. Puis les termes exacts employés par l'homme de loi lui revinrent à l'esprit : « A condition qu'il épouse… »

Soudain, elle comprit avec horreur que son propre père avait voulu lui *acheter* un mari. Elle savait comment avait fonctionné son esprit ; et ça n'avait pas grand-chose à voir avec la rigueur mathématique.

Deux ans plus tôt, après un court mais calamiteux mariage, Alesha avait fini par divorcer de Seth Armitage. Un homme qui avait prétendu l'aimer, jusqu'au moment où elle avait compris que son unique but était de mettre la main sur la fortune familiale. Cette histoire l'avait détruite et avait affecté son père — bien plus qu'elle ne l'aurait pensé.

Il avait donc, dans un élan très singulier d'affection paternelle, tenté de préserver sa fille d'un nouvel échec en arrangeant son mariage ! Avec un homme en qui il avait toute confiance, honnête et pourvu d'un sens aigu des affaires. A ses yeux, le mari idéal.

Loukas Andreou… L'inflexible et tout-puissant président de la branche grecque d'Andreou Corporation, un groupe international qui possédait des intérêts financiers dans le transport maritime, entre autres.

Loukas, dont le père, Constantin, avait été l'ami de longue date et l'associé du sien.

Loukas, qui vivait dans le luxe, entouré de femmes sublimes, et dont le moindre mouvement était l'objet de rumeurs dans la presse *people*.

Loukas, dont l'image s'imposa de façon si impérieuse à l'esprit d'Alesha qu'elle eut soudain l'impression qu'il était physiquement présent à côté d'elle.

Agé d'un peu plus de trente-cinq ans, il était très séduisant, à condition d'aimer le style baroudeur, grand et large d'épaules. Ses yeux noirs étincelants donnaient un air sauvage à son visage aux traits anguleux, et son élégance dissimulait mal la farouche virilité qui affleurait sous chacun de ses gestes. Il avait toujours mis Alesha mal à l'aise, comme s'il avait la capacité de deviner ce qu'elle voulait cacher, les secrets profondément enfouis qu'elle était bien décidée à ne révéler à personne.

Elle ferma brièvement les yeux pour mieux se représenter la situation : elle ne pourrait toucher son héritage, soit la moitié des actions de Karsouli Entreprises, qu'à condition d'épouser Loukas Andreou dans le mois suivant le décès de son père. Ainsi, le couple posséderait l'intégralité de la société, dont l'avenir serait préservé et la transmission à la génération suivante facilitée.

— Une cour de justice pourrait prononcer l'invalidité de la clause stipulant le mariage, avança-t-elle.

Le notaire lui jeta un regard pensif.

— Même si cette clause pour le moins surprenante pourrait vous attirer la sympathie des juges, votre père a énoncé ses volontés de façon très claire. J'ai eu beau lui conseiller de revenir là-dessus, il n'a pas voulu en démordre.

Alesha étouffa un juron. Son père n'ignorait pas ce que le groupe Karsouli signifiait pour elle : il avait toujours fait partie de sa vie. Elle avait soigneusement pensé son parcours universitaire afin d'acquérir les connaissances et l'opiniâtreté nécessaires à la direction d'une grande entreprise ; car le mot « népotisme » ne faisait pas partie du vocabulaire de Dimitri Karsouli.

Il avait parfaitement su qu'elle avait mis un point d'honneur à gagner uniquement par son travail la position qui était désormais la sienne. Et, depuis qu'elle avait prouvé son savoir-faire, il avait toujours été évident qu'elle prendrait un jour les rênes du groupe puisqu'elle était son unique enfant.

Son ultime effort pour la forcer à un mariage qu'elle avait toujours, depuis sa malheureuse expérience, refusé emplissait Alesha d'une rancœur qui, elle s'en aperçut avec effroi, n'était pas dénuée de haine…

Deux jours plus tôt, elle avait assisté au service funéraire, dans une chapelle emplie d'une foule recueillie. Puis elle avait suivi à pied le corbillard jusqu'à la tombe, devant laquelle elle était restée debout, dans le silence de son désespoir, tandis que se déroulait le rituel. Elle avait remarqué la présence de Loukas Andreou et cru, sans imaginer une seconde le plan machiavélique ourdi par son père, qu'il était venu d'Athènes assister à ses obsèques pour lui témoigner son respect.

Alesha soupira, désemparée. Elle pourrait démissionner et proposer ses services à une société rivale. Sauf qu'elle était une Karsouli. Par le sang et par son nom, qu'elle avait repris après son mariage raté. Son père l'avait précisément élevée pour tenir le rôle de chef d'entreprise et conditionnée à penser qu'être une femme ne constituait pas un handicap.

Dimitri Karsouli avait toujours mené sa vie et ses

affaires d'une main de fer, et le groupe qu'il avait dirigé pendant des décennies valait désormais une fortune. Il avait lui-même marché sur les traces de son père, un Athénien d'origine très modeste qui avait un jour décidé de s'élever socialement, à force de travail. Quand il lui avait succédé, il avait développé des idées neuves et élargi les activités de Karsouli Entreprises.

Après s'être marié et avoir déménagé à Sydney, Dimitri avait espéré un fils pour lui succéder un jour. Mais la naissance d'Alesha, dans des circonstances difficiles, avait ôté à sa femme toute possibilité de mettre au monde un autre enfant. Il avait adoré sa fille unique, celle-ci le savait mieux que quiconque ; elle faisait sa joie et sa fierté, et il ne cessait de répéter qu'elle avait hérité de son intelligence et de son sens des affaires.

Eduquée dans les meilleures écoles privées, Alesha avait en effet obtenu haut la main ses diplômes universitaires, avant d'entrer dans le groupe Karsouli en bas de l'échelle. Elle ne s'y était élevée dans la hiérarchie que par son propre mérite et un travail acharné.

Son mariage hâtif, contre l'avis de son père, avait été sa seule erreur de parcours. Le divorce avait été une période pénible, qui ne s'était achevée qu'avec le versement d'une forte somme d'argent à Seth Armitage. Un malheur n'arrivant jamais seul, c'est à cette même époque que sa mère avait engagé une bataille perdue d'avance contre un cancer.

Le refus d'Alesha d'envisager le remariage était devenu un sujet de conflit permanent entre le père et la fille. En ajoutant cette clause à son testament, il avait voulu avoir le dernier mot, et assurer la pérennité de l'entreprise familiale en contraignant Alesha à épouser un homme d'ascendance grecque à qui il accordait toute confiance.

Il devait sourire dans sa tombe, certain que sa fille n'abandonnerait pas ce à quoi elle tenait le plus dans la vie : Karsouli Entreprises.

De ce point de vue, elle avait les mêmes gènes que son père. Dans son sang coulait le désir irrésistible de réussir, d'arriver à ses fins, de prouver au monde ce que pouvait valoir une femme.

— Et ce… projet a reçu l'approbation de Loukas Andreou ?

Le notaire ouvrit les mains dans un geste d'impuissance.

— J'ai cru comprendre qu'il avait donné son consentement.

— C'est scandaleux ! s'exclama Alesha, furieuse. Et impossible ! Il est hors de question que je me marie. Avec qui que ce soit ! Depuis combien de temps Loukas est-il au courant du contenu du testament de mon père ?

— Il faudra le lui demander.

Elle comptait bien le faire à la première occasion.

— Vous avez deux solutions, déclara tranquillement le notaire en haussant légèrement les sourcils. Accepter ce mariage ou… le refuser. Je vous recommande de ne rien décider avant d'avoir parlé à Loukas Andreou.

Alesha en avait assez entendu. Elle se leva pour marquer la fin de l'entretien, et le notaire la raccompagna dans le hall pour appeler l'ascenseur. Une fois à l'intérieur, elle dut serrer les dents pour ne pas se mettre à hurler. Pourquoi diable son père avait-il manigancé une pareille conspiration ?

Elle connaissait la réponse, évidemment…

Dimitri Karsouli avait toujours été très satisfait de son propre mariage, qui ne lui avait apporté que des avantages. Il n'y avait pas été question d'amour ; si, avec le temps, il survenait dans le foyer, tant mieux. Sinon, l'affection et la famille suffisaient largement à cimenter un couple.

Et effectivement, le mariage de ses parents avait été une réussite. Troublé parfois par quelques éclats, certes, mais n'était-ce pas normal entre deux fortes personnalités ? Car sa mère, très indépendante, avait été loin de se laisser faire.

Alesha, elle, n'aspirait à rien d'autre qu'à l'amour passionné qui naît de l'harmonie parfaite de deux âmes. Elle avait cru l'avoir trouvé avec Seth Armitage, avant de découvrir le jeu cruel qu'il avait joué et de comprendre que son mariage n'était qu'un marché de dupes. Et elle avait fui alors que l'encre du contrat était à peine sèche.

Son père, elle devait lui rendre cette justice, l'avait dispensée des « Je te l'avais bien dit ! » et entourée de toute son affection. Pourtant, elle ne parvenait pas à supporter l'idée qu'il avait, en parallèle et en secret, tout fait pour lier son avenir à celui de Loukas. Avec la complicité de ce dernier en prime ! Dire qu'elle avait reçu ses condoléances, admis sa présence durant l'office funèbre, accueilli ses marques silencieuses de sympathie, alors qu'il savait tout !

Avait-elle donc été la seule à ne pas être au courant ?

Comment avait-elle pu se laisser piéger ? Avait-elle ces derniers mois laissé échapper quelque chose, un détail qui aurait dû attirer son attention ? Pourtant, même après réflexion, impossible de se souvenir d'une anomalie quelconque.

En cette fin d'après-midi, une légère brume tombait sur Sydney, prélude à l'obscurité du soir, et le port s'assombrissait malgré les panaches blancs des ferries qui ramenaient les salariés vers les quartiers nord de la ville. L'appartement d'Alesha se trouvait dans une vaste maison ancienne à deux étages du secteur à la mode de Double Bay. L'intérieur en avait été réaménagé en quatre appartements, pourvus d'un équipement ultramoderne tout en respectant le style originel de la bâtisse.

Alesha avait pris beaucoup de plaisir à décorer cet appartement en chinant chez les antiquaires et en faisant les brocantes. Elle y vivait depuis deux ans maintenant, depuis qu'elle avait dû quitter la maison moderne qu'elle avait reçue en cadeau de mariage — dont Seth avait exigé la moitié devant un tribunal.

Elle se gara et descendit de sa voiture, poursuivie par l'image de son ex-mari. Ce don Juan au physique avantageux avait su jouer de son charme pour la mener où il avait voulu. Mais dès qu'il lui avait passé la bague au doigt, il avait laissé tomber le masque et révélé son vrai visage. Aujourd'hui encore, elle avait du mal à faire le rapprochement entre ce séducteur et le monstre froid et calculateur qu'il était rapidement devenu.

Depuis la fin de son mariage, elle n'avait pas eu le moindre rendez-vous avec un homme. En revanche, elle avait un petit nombre d'amis à qui elle accordait toute sa confiance.

Jusqu'à la mort de son père, une semaine plus tôt, sa vie lui avait parue bien réglée, prévisible, confortable. Et voilà qu'aujourd'hui l'avenir lui semblait de nouveau incertain, et son instinct l'avertissait qu'elle allait devoir rassembler toutes ses forces pour affronter l'épreuve qui l'attendait.

Un mariage avec Loukas Andreou, peut-être.

Mais si jamais il avait lieu, ce serait elle qui en fixerait les conditions.

Elle entra dans son appartement, se débarrassa de son sac et de son ordinateur, et ôta ses stilettos avant d'aller se servir un grand verre d'eau glacée dans la cuisine.

Une bonne douche, puis elle dînerait en ruminant son plan de bataille.

Une fois dans la salle de bains, elle se déshabilla, régla la température de l'eau, s'avança sous le jet, et choisit un savon au délicat parfum de gardénia. Elle devrait négocier avec Loukas en sachant précisément ce qu'elle désirait obtenir.

Un mariage blanc. Chambre à part. Vies indépendantes. Ils pourraient travailler en plein accord, se consulter aussi souvent que possible, coordonner leurs emplois du temps, recevoir et se plier aux exigences de leur vie sociale.

Elle jura entre ses dents, avec une rage qui ne lui était pas habituelle. Elle n'avait aucune envie d'un mari…

Les rares fois où elle s'était retrouvée avec Loukas, il s'était montré attentif, cultivé, intelligent, plein de détermination. Et sexy, ajouta une petite voix intérieure. Sans chercher à séduire, mais on sentait chez lui une virilité naturelle, qui sous-entendait beaucoup et promettait plus encore.

Alesha ferma les yeux, puis les rouvrit lentement. A une certaine époque, elle s'était brièvement demandé ce que cela lui ferait si la bouche de Loukas se posait sur la sienne, si elle se blottissait contre ce corps pour en absorber la force, pour découvrir… quoi donc ? Elle ne savait plus, mais il l'avait bel et bien attirée autrefois. Il l'avait fascinée et avait éveillé sa curiosité. Ses parents avaient tout fait pour encourager une relation entre eux, mais rien ne s'était passé. Alesha avait eu le sentiment qu'il attendait quelque chose, elle n'avait jamais compris quoi. Qu'elle fasse le premier pas ?

Elle s'en était bien gardée, consciente que si elle le faisait, elle ne pourrait plus revenir en arrière. Peut-être était-ce à ce moment-là que son père avait commencé à imaginer cette union et à échafauder son plan. Mais Seth était rapidement entré dans sa vie et lui avait fait perdre la tête avec ses belles paroles et ses promesses ; qui l'avaient éblouie, malgré les mises en garde de ses parents.

Alesha poussa un profond soupir en s'enveloppant dans un vaste drap de bain. Elle détestait replonger dans les souvenirs horribles des mois qui avaient suivis son divorce. Elle avait dû se battre sans relâche pour retrouver son identité et le respect d'elle-même. Depuis, elle s'était juré de ne plus jamais faire confiance à quiconque.

Elle attacha distraitement sa longue chevelure, avant

d'enfiler des sous-vêtements, un jean confortable et un T-shirt. Après s'être préparé un dîner léger, elle travaillerait sur son ordinateur, puis se détendrait un peu devant la télévision. Une soirée semblable à bien d'autres, si son cerveau la laissait en paix et si elle parvenait à penser à autre chose qu'à ce maudit testament !

En entrant dans la cuisine, elle aperçut le clignotement de son répondeur. Elle prit un stylo sur le plan de travail avant d'appuyer sur le bouton de lecture.

— Alesha ? C'est Loukas Andreou. Pouvez-vous me rappeler ?

La voix était profonde et un peu rauque, avec un léger accent très sensuel. Elle lui fit une impression à la fois désagréable et plaisante ; pour la chasser, elle respira profondément, tout en notant le numéro qu'il avait indiqué. Puis un demi-sourire arqua ses lèvres et elle mima pour elle-même une expression de surprise exagérée. Il n'avait pas perdu de temps…

Elle prit à peine le temps de réfléchir : plus tôt elle traiterait avec lui, mieux ce serait. Il décrocha à la troisième sonnerie :

— Andreou.

— C'est Alesha.

— Tu as dîné ?

— Je suis sur le point de le faire, répondit-elle en pensant avec envie à la salade qu'elle allait se préparer. Pourquoi ?

— Je passe te prendre dans dix minutes.

Alesha laissa échapper un ricanement bref. Ainsi, il dirigeait la manœuvre ! Pour qui se prenait-il ?

— S'il s'agit d'une invitation, tu pourrais au moins faire semblant de demander.

— J'en prends note.

Elle nota un soupçon d'amusement dans sa voix.

— Dix minutes, reprit-il avant de raccrocher.

Furieuse, Alesha faillit le rappeler pour exiger un

rendez-vous en bonne et due forme. Mais cette impulsion lui parut mesquine, indigne d'une femme de tête décidée à traiter cette affaire avec le bon sens le plus prosaïque.

Elle décida de ne pas se changer. Un jean confortable, un haut passe-partout, les cheveux négligemment attachés par une large barrette, pieds nus et sans maquillage : rien à voir avec la tenue requise pour dîner en ville.

Dans le même temps, une voix intérieure lui soufflait d'enfiler des baskets, de prendre ses clés de voiture, son sac et de filer.

Sauf que son absence ne résoudrait pas le problème.

L'état d'indécision dans lequel un simple coup de téléphone de Loukas avait réussi à la plonger la surprenait et l'agaçait dans le même temps. Elle se rua dans sa chambre, se déshabilla, puis enfila un pantalon de toile et un chemisier. Elle s'autorisa un soupçon de rouge à lèvres, enfila une veste de créateur et glissa ses pieds dans ses stilettos.

L'Interphone se mit à bourdonner au moment précis où elle saisissait sa pochette, et la silhouette de Loukas apparut sur l'écran de sécurité.

— Je descends, lança-t-elle.

Avec sa haute taille, ses larges épaules et son visage aux traits affirmés, il lui parut soudain un peu intimidant lorsqu'elle se retrouva face à lui. Il portait un pantalon noir, une chemise blanche et une veste noire en cuir très souple, d'une élégance sans apprêt. Une allure décontractée, trompeuse quand on savait le poids qu'il pesait dans le monde des affaires.

Elle le salua avec une politesse un peu affectée et sentit ses yeux noirs chercher les siens. Fugitivement, elle éprouva l'impression étrange que le temps s'était arrêté.

— On y va ? demanda-t-il en désignant l'Aston Martin noire garée sur le parking.

Ils firent quelques mètres côte à côte, jusqu'à ce qu'il lui ouvre la portière. En passant devant lui, elle le sentit soudain très proche, *trop* proche, et se glissa rapidement sur le siège tandis qu'il s'installait au volant.

Alesha s'efforça de masquer sa nervosité. Durant ce repas, elle allait devoir exposer son point de vue, négocier, et si possible trouver une solution qui les satisfasse tous deux, sans contrevenir au testament de son père.

Quelques minutes plus tard, le bolide de Loukas s'arrêtait devant l'entrée du Ritz-Carlton. Alesha y avait dîné plusieurs fois et elle se réjouit de ce choix, tandis que son compagnon remettait les clés au voiturier.

Mais à sa grande surprise, une fois dans le hall, il se dirigea tout droit vers l'ascenseur.

— Nous serons plus tranquilles dans ma suite, déclara-t-il.

— J'aurais préféré le restaurant, protesta Alesha, les nerfs à vif.

— Au risque de nous exposer à la curiosité publique ? Et d'être écoutés ou photographiés en train de discuter d'une affaire privée ?

Elle dut reconnaître qu'il avait raison. Si on les voyait dîner ensemble dans un palace, les spéculations iraient bon train. Et elles se déplaceraient sur le terrain économique si l'on apprenait l'augmentation de la participation d'Andreou Corporation dans le groupe Karsouli.

Elle se vit donc obligée d'obtempérer, à regret — ce que Loukas ne manqua pas de remarquer, à en croire le regard qu'il lui jeta quand ils se retrouvèrent seuls dans l'ascenseur.

Elle le suivit ensuite dans le couloir en tentant de rassembler tout son courage pour l'épreuve à venir. Après tout, jamais son père n'aurait rédigé son testament en ces termes s'il n'avait pas accordé toute sa confiance à cet homme.

Mais comment en être absolument sûre ?

Depuis qu'elle avait perdu ses deux parents, elle avait l'impression de ne plus pouvoir se fier à personne. Pas même à Lacey, son amie d'enfance, la seule à tout savoir de son premier mariage — certains détails étaient trop personnels, trop cruels pour être révélés.

— Détends-toi, lui intima Loukas. Je ne vais pas te frapper.

— Si tu t'y risquais, je saurais me défendre, répondit-elle en le fixant droit dans les yeux.

Après tout, elle avait suivi récemment des cours d'autodéfense.

Il se débarrassa de sa veste, qu'il déposa sur le vaste lit avant de relever les manches de sa chemise, révélant des avant-bras puissants ombrés d'une toison brune.

— Tu veux ôter ta veste ?

— Je préfère la garder, merci.

— Assieds-toi donc, proposa-t-il en lui indiquant un fauteuil confortable. Tu veux boire quelque chose ?

— Pourrions-nous nous dispenser des mondanités et en venir directement à ce qui nous occupe ?

Il la fixa avec attention pendant quelques secondes, et Alesha remarqua qu'un muscle tressaillait au niveau de sa mâchoire.

— Bien sûr, acquiesça-t-il avec une indolence délibérée. Nous dînerons ensuite.

Elle eut soudain envie de partir. Elle était prête à n'importe quel éclat pour soulager sa colère. Tout en sachant qu'évidemment, c'était exactement ce qu'il attendait d'elle.

— Le testament de mon père est inacceptable.

Il ne feignit pas de ne pas comprendre :

— Tu veux parler de la clause concernant le mariage ?

— Naturellement, toi, tu es d'accord ! Je me demande quel genre d'homme tu peux être.

— Du genre qui préfère construire son mariage sur une base solide.

Le regard qu'elle lui jeta aurait dû le foudroyer sur place, mais il n'eut aucun effet.

— Revenons à l'essentiel, ordonna-t-elle sèchement.

— Karsouli Entreprises ?

— La carte maîtresse de mon père, lança-t-elle avec un sourire plein d'amertume.

— Peut-être, laissa tomber Loukas d'un air dubitatif.

Elle s'arrêta, l'esprit en alerte.

— Que veux-tu dire ?

— Ces derniers temps, Dimitri avait commis quelques erreurs de jugement en matière financière.

Alesha eut du mal à dissimuler le choc qu'il lui causait.

— Je ne te crois pas.

— Le climat économique global lui a fait du tort, de même que ses problèmes de santé.

Elle resta bouche bée, interdite. Des problèmes de santé ?

— Il est mort dans un accident de voiture, parvint-elle finalement à articuler.

Le regard de Loukas ne faiblit pas.

— Ton père risquait l'infarctus à tout moment, à moins de se soumettre à une transplantation cardiaque. Il a refusé et nous avons conclu un accord pour sauver Karsouli Entreprises… Et te sauver toi.

Alesha sentit son sang se glacer dans ses veines et poussa un cri silencieux. « Seigneur… ! »

— Pour rester solvable, reprit Loukas, Karsouli avait besoin d'un gros apport de trésorerie.

— Combien ?

Elle fut presque choquée de s'entendre poser la question.

— Un demi-milliard de dollars.

Elle écarquilla les yeux, abasourdie. La vente des vingt-cinq pour cent d'actions était donc censée répondre à ce besoin de trésorerie. Si la clause de mariage figurant sur le testament de son père était activée, Karsouli Entreprises survivrait et prospèrerait sous la direction éclairée de Loukas Andreou. Elle-même deviendrait son associée et l'administratrice du groupe. Mais avant d'en arriver là, elle devrait accepter de l'épouser.

Elle respira profondément, sans pour autant se sentir plus calme.

— Je tiens à vérifier l'exactitude de ces faits.

— Bien sûr. J'ai fait faire des copies de tous les documents relatifs à la situation.

Alesha esquissa un sourire : elle n'en attendait pas moins de lui. En dépit du confort que lui avait apporté la fortune de son propre père, Loukas s'était toujours comporté en gagnant, bien décidé à forger lui-même son destin.

Elle saisit les documents qu'il lui tendait et prit le temps de les lire attentivement pour en saisir tous les détails, le cœur battant plus fort à chaque feuillet.

Le faible espoir qu'elle avait conservé s'évanouit rapidement. Elle devait maintenant faire face à l'inévitable. Soigneusement, elle reposa le dossier sur la table avant de relever les yeux sur Loukas.

— Pourquoi t'es-tu plié aux volontés de mon père ?

— Tu veux la vérité ? Parce que sa demande rejoignait la promesse que j'avais faite à mon père de me marier et de lui donner un héritier.

— Quelle générosité ! lança Alesha. Quel noble sacrifice au devoir ! Quelle preuve de loyauté familiale ! Mais aucune des nombreuses femmes qui se traînent à tes pieds n'était donc digne de faire une épouse convenable ?

— Non, répondit-il avec un cynisme pensif.

— Et si je décidais de contester cette clause de mariage ?

Il la fixa de ses yeux sombres, dans lesquels brillait une lueur dangereuse ; ce fut pourtant d'une voix calme qu'il prit la parole :

— Cela affaiblirait gravement Karsouli Entreprises, ouvrant la porte à une OPA sauvage.

Alesha secoua doucement la tête. Tout ce qu'avait construit son père, tout ce pour quoi elle avait vécu, aussi longtemps qu'elle se souvienne, serait anéanti.

Elle sentit se mêler en elle colère, ressentiment, et aussi

chagrin. Ces émotions l'envahirent puis la dévastèrent sans qu'elle puisse les contrôler.

Soudain, une pulsion la fit se lever et bondir vers la porte.

— Va au diable ! s'écria-t-elle.

2.

— Tu ferais mieux de réfléchir avant de franchir cette porte.

Loukas n'avait pas élevé la voix, mais son ton glacial la figea instantanément.

— Sinon, c'est toi qui iras au diable, pas moi, conclut-il.

Ses propos étaient si clairs qu'Alesha se raisonna immédiatement. Ni l'honneur ni les émotions — et surtout pas la colère — n'avaient leur place dans le projet diabolique de son père.

Si elle faisait un pas de plus, elle perdrait la seule possession à laquelle elle attachait de l'importance. Elle ignorait si elle pouvait faire confiance à Loukas. Mais avait-elle le choix ?

Au moins, cet homme avait de bonnes raisons de s'intéresser à Karsouli Entreprises. Il avait l'intelligence et l'expérience nécessaires pour en assumer la direction avec elle, et des ressources financières considérables…

Sauf qu'Alesha aurait préféré être damnée que de lâcher prise aussi vite.

Elle ferma les yeux quelques secondes, les rouvrit et respira un grand coup pour se calmer avant de se tourner lentement vers Loukas.

Il possédait une force indéniable et un sens du pouvoir qui pouvaient aussi bien faire de lui un précieux allié qu'un féroce adversaire.

Mais un mari ? Un amant ?

Le souvenir de ce qu'elle avait souffert sous la coupe de Seth lui fit courir un frisson glacé le long de l'échine. Elle s'exhorta à ne plus y penser. Tous les hommes n'étaient quand même pas des maniaques pervers... Mais comment en être sûre ? Seth avait parfaitement su jouer son rôle de fiancé et de jeune marié idéal... jusqu'à ce qu'elle refuse de céder à ses exigences !

— Si ce contrat n'incluait pas le mariage, il n'y aurait aucun problème.

— Le mariage y figure néanmoins.

— Malheureusement, regretta-t-elle.

Au fond, c'était une solution raisonnable. Deux partenaires faits pour s'entendre, issus de deux familles faites pour s'entendre. Unis grâce à un contrat légèrement... tortueux. Un mariage modèle qui permettrait de sauvegarder les fortunes familiales et d'assurer la descendance des deux dynasties.

— Oui ou non, Alesha ?

Il la fixait d'un regard sombre et indéchiffrable qui ne cillait pas. Il fallait qu'elle dise oui. Elle n'avait pas le choix. Sinon, elle ne pourrait empêcher le groupe Karsouli Entreprises d'être démantelé, voire de disparaître...

— Je voudrais poser des conditions.

Loukas plissa les yeux. Il ne pouvait qu'admirer la force et la détermination qu'il sentait en elle, surtout compte tenu du choc qu'elle venait d'encaisser concernant l'état réel de Karsouli Entreprises.

— Lesquelles ?

— Je tiens à conserver mon poste.

— Evidemment, acquiesça Loukas en inclinant la tête.

— Des chambres séparées dans tous les lieux où nous aurons à cohabiter.

— Pour quelle raison ?

— Préférence personnelle, déclara-t-elle en soutenant son regard.

— Fondée sur ?

— J'ai besoin de ma liberté.

Il la fixa en silence durant quelques secondes.

— Une chambre commune avec des lits séparés. Jusqu'à ce que tu acceptes de partager le mien.

Alesha ricana. Comme si cela risquait d'arriver un jour !

— Ce n'est pas très généreux de ta part…

— C'est néanmoins une concession ; tu devrais t'estimer heureuse.

— D'après toi, je devrais me prosterner à tes pieds en t'exprimant une gratitude infinie.

Il eut un demi-sourire.

— Parce que j'ai sauvé Karsouli Entreprises ?

— Pour quoi d'autre ?

Son ton sec n'ébranla pas Loukas le moins du monde. Cependant, il admirait son honnêteté, de même que son évident mépris des faux-semblants. La force qui émanait d'elle était à peine troublée par une pointe de fragilité qui affleurait parfois, et ne rendait Alesha que plus séduisante.

Il saisit le menu du service de chambre, l'ouvrit à la page du dîner et le lui tendit.

— Choisis ce que tu veux, je vais passer commande.

Alesha eut un petit mouvement de recul. Manger ? A la simple idée d'avaler quoi que ce soit, elle sentit son estomac se contracter.

— Je n'ai pas faim.

Qui plus est, il fallait qu'elle sorte. Qu'elle échappe à cet homme trop dominateur qui tenait son sort entre ses mains.

Elle passa la bride de son sac à son épaule.

— Il faut que j'y aille.

— Nous n'en avons pas terminé, décréta Loukas en cherchant son regard. Nous allons dîner ensemble et discuter des préparatifs du mariage. Ensuite, je te raccompagnerai chez toi.

— Si je comprends bien, je dois m'asseoir, me tenir

tranquille et courber la tête en signe de servitude et de reconnaissance.

Une fugitive étincelle amusée passa dans son regard :

— Je doute que tu sois capable d'observer les deux dernières contraintes.

— Quelle perspicacité !

— Choisis, intima-t-il en lui tendant le menu. Sinon, je le ferai pour toi.

Elle ne pourrait avaler rien d'autre qu'une entrée. Elle choisit une salade légère et, tandis que Loukas décrochait le téléphone, tenta de faire le vide en elle. Un véritable exploit compte tenu de la tension qu'elle ressentait face à ce stratège consommé, fin psychologue, capable de déjouer tous les pièges.

Quelqu'un avait-il déjà réussi à échapper à son emprise sans y laisser des plumes ? Question stupide. Loukas Andreou était indomptable et absolument impitoyable.

Mais en tant qu'ami, amant ou mari, quelle serait son attitude ? Serait-il capable de lui témoigner un peu d'affection ? De s'occuper d'elle ? Ou deviendrait-elle une de ces malheureuses épouses décoratives qui doivent se contenter d'une vie confortable et de coûteux cadeaux ? Sa vie ne serait-elle qu'une suite de trompe-l'œil ? Elle n'avait aucune réponse à toutes les questions qui se bousculaient dans sa tête. Une chose était certaine : pour la survie de Karsouli Entreprises, elle devait épouser un homme qu'elle n'avait pas choisi et qui plaçait au-dessus de tout ses objectifs financiers.

Au moins, aucun sentiment ne viendrait parasiter son mariage avec Loukas. Un arrangement financier conclu en toute connaissance de cause, ni plus ni moins. Car la première fois qu'elle avait cru trouver l'amour, elle avait vite découvert à ses dépens que ce n'était qu'un leurre.

Leur repas arriva, magnifiquement présenté, mais

Alesha se contenta d'émietter du bout de sa fourchette le contenu de son assiette.

— Je vais déposer une demande spéciale, pour pouvoir accélérer la procédure de mariage, l'informa Loukas quand ils en furent au café. Mais j'ai besoin de ta signature. La cérémonie devrait avoir lieu vendredi.

— Ce vendredi ?

— Cela pose problème ?

Alesha sentit sa bouche s'assécher. Il devait plaisanter...

— Pourquoi si vite ? demanda-t-elle, l'estomac noué.

— Pourquoi pas ?

Etait-elle prête à sauter le pas ?

Elle tapota nerveusement la nappe de sa cuillère. Il fallait voir la réalité en face. Jamais elle ne se sentirait prête à se laisser embarquer dans un nouveau mariage. Mais elle savait d'instinct que si elle refusait, Loukas ne lui offrirait pas une seconde chance.

— Donne-moi cette demande et un stylo.

Après avoir signé avec fatalisme, elle reprit son sac pour sortir.

— Je vais appeler un taxi.

Il se leva et, jetant sa veste sur ses épaules, atteignit la porte avant elle. Elle crut qu'il voulait l'accompagner jusqu'à l'ascenseur mais il entra dans la cabine avec elle. Malgré son côté inflexible, il fallait bien lui reconnaître une élégante galanterie.

— Bonne nuit, lui dit-elle avant de se diriger vers la réception pour demander un taxi.

— Cette dame est avec moi, déclara Loukas au concierge. Pouvez-vous faire chercher ma voiture ?

Alesha ouvrit la bouche pour protester, mais il lui jeta un regard sans appel.

— Ne discute pas.

— Mais je peux très bien...

— Pas question, coupa-t-il d'un ton sans réplique.

Elle baissa les yeux pour dissimuler la colère que faisait naître en elle son despotisme.

— Pourquoi te crois-tu obligé de te comporter en tyran ? gronda-t-elle.

Durant le court trajet jusque chez elle, elle ne desserra pas les dents. A peine la voiture arrêtée, elle ouvrit la portière après avoir murmuré poliment :

— Merci de m'avoir raccompagnée.

Elle rentra chez elle sans un regard en arrière. Une fois la porte d'entrée de son appartement refermée, elle poussa un grand soupir de soulagement.

Enfin elle était seule, tranquille et en lieu sûr.

Mais cela n'allait pas durer. Bientôt, bien trop tôt, sa vie allait complètement changer. Elle ôta ses escarpins et sa veste. Il n'était pas très tard et elle était trop énervée pour se mettre au lit.

Elle avait le choix entre la télévision, un DVD ou se mettre au travail. Elle passa dans sa chambre pour enfiler un pyjama et se démaquiller, avant de s'installer dans un fauteuil confortable. Il était presque minuit lorsque le générique de fin apparut sur l'écran. Après avoir éteint, elle se coucha et, étonnamment, dormit comme un loir jusqu'au lever du jour.

Comme elle en avait l'habitude chaque matin, Alesha enfila un survêtement et des chaussures de sport, s'attacha les cheveux et sortit de chez elle pour un jogging qui la conduisit à sa salle de gym. Au bout d'une heure d'exercices, elle sentit que son niveau de stress avait diminué. Elle revint chez elle en pleine forme, prit une douche et se prépara un solide petit déjeuner.

Elle passa un tailleur, choisit quelques bijoux, se maquilla et enfila des chaussures à talons. Elle était prête.

Portable, attaché-case, et sac en main, elle se glissa

quelques minutes plus tard au volant de sa BMW gris argent avant de se diriger vers le centre-ville. A cette heure-là, le trafic était très dense ; il était plus de 8 heures quand elle prit l'ascenseur qui menait du parking, en sous-sol, vers son bureau, situé au dernier étage du gratte-ciel qui abritait le groupe Karsouli.

— Bonjour, dit-elle en adressant un sourire chaleureux à la réceptionniste, avant d'emprunter le large couloir qui menait à son bureau.

Elle salua de la même façon son assistante, qui se leva, agenda en main.

— M. Andreou demande à vous voir le plus vite possible. Il doit présider une réunion à 10 heures dans la salle de conférences. Les chefs de département ont été prévenus. J'ai tout noté sur votre agenda et je vous ai imprimé une copie.

Alesha prit la feuille qui lui était tendue, et ses yeux s'élargirent quand elle y eut jeté un coup d'œil. Loukas n'avait pas perdu de temps ; il mettait déjà ses projets à exécution.

— Merci, Anne. Dites à M. Andreou que je serai chez lui dans dix minutes.

— J'ai cru comprendre que sa demande revêtait un caractère d'urgence.

Anne cherchait-elle à la mettre en garde ? Ou à plaire au nouveau chef ? Sauf que Loukas et elle se *partageaient* le pouvoir, et qu'Alesha avait bien l'intention de veiller à ce que cela se fasse de manière équitable. Pas question de lui en céder la moindre miette indue, ni d'être à ses ordres.

— Dans dix minutes, Anne.

En pénétrant dans le vaste bureau, elle ne put s'empêcher d'éprouver du ressentiment à la vue de Loukas, trônant dans le fauteuil que son père avait toujours occupé, aussi loin qu'elle s'en souvienne. Une pièce luxueuse, avec vue directe sur le port, décorée de splendides tapis, de tableaux et de meubles coûteux. Dimitri Karsouli avait tenu à afficher sa réussite, tout en s'assurant, en consultant un décorateur célèbre, que ce luxe n'avait rien de trop ostentatoire. A la mort de son père, Alesha avait décidé de ne rien changer, en souvenir de cet homme admirable qui avait travaillé si dur pour réussir.

— Tu voulais me voir, Loukas ? demanda-t-elle avec un sourire poli.

Il se leva pour l'accueillir et refermer la porte derrière elle. Une fois de plus, elle sentit son estomac se nouer en sa présence.

— Assieds-toi, ordonna-t-il en lui indiquant une chaise.

Il appuya négligemment une hanche contre le bureau.

— J'aime mieux rester debout, rétorqua-t-elle. J'espère d'ailleurs que tu n'en as pas pour trop longtemps.

— Tu aurais préféré une note de service ? ironisa-t-il. Ecoute, je suis attendu à Melbourne en fin d'après-midi pour une réunion urgente ; ensuite, je m'envole pour Adélaïde et pour Brisbane.

— Tu as besoin de ma présence ?

— Personnellement ou professionnellement ? demanda-t-il, une étincelle gourmande dans les yeux.

— D'après toi ? répliqua-t-elle sèchement.

Le regard de Loukas se posa successivement sur son tailleur, ses escarpins et sa coiffure stricte. Il eut brusquement envie de défaire l'élégante barrette qui la maintenait en place. Pourquoi avait-elle jugé nécessaire d'adopter ce style austère ? Parce qu'il l'effrayait ? Ou parce que c'était ainsi qu'était censée s'habiller une femme de pouvoir ?

— L'état actuel de Karsouli Entreprises nécessite que j'intervienne au plus vite, et que je rencontre les directeurs de nos succursales de ces trois Etats. Personnellement, et pas par vidéoconférence.

Alesha évita de lui donner la satisfaction de reconnaître qu'elle était d'accord.

— Quand seras-tu de retour ?

— Jeudi soir.

— Je te fais confiance pour me tenir au courant. C'est tout ?

— Il faudrait aussi penser aux détails de notre mariage.

— Tu m'enverras un courriel pour me fixer l'heure et le lieu du rendez-vous, déclara-t-elle en réprimant un léger frisson.

— Wolseley Road, Point Piper. Vendredi après-midi, 16 heures.

— Il s'agit d'une résidence privée…

Située dans le quartier le plus chic de Sydney, s'abstint-elle de préciser.

— C'est là que j'habite. Je viens de faire réaménager cette maison, mais les travaux sont pratiquement terminés.

Alesha hocha doucement la tête. C'était donc pour cette raison qu'il vivait à l'hôtel. Avec de l'argent, on pouvait tout se permettre, et visiblement Loukas n'en manquait pas.

— Il nous faudra aussi parler des formalités à accomplir pour ce mariage, reprit-il. Nous avons rendez-vous cet après-midi à 15 h 30 pour remplir les papiers nécessaires.

Elle comprit qu'il avait voulu tout parfaitement boucler avant son départ pour Melbourne. Pour sa part, elle avait l'impression d'être embarquée à bord d'un train lancé à pleine vitesse dans une course folle.

— Très bien.

— Tu n'as rien à ajouter ?

Elle aurait eu beaucoup à dire, mais qu'est-ce que cela aurait apporté de plus ?

— Pas pour l'instant, déclara-t-elle avec son plus beau sourire.

Elle fit demi-tour vers la porte, mais il l'avait déjà devancée. Elle tenta d'ignorer son corps tout proche, l'odeur musquée de son eau de toilette, la sensualité torride qu'il dégageait sans paraître y prendre garde. Elle avait beau se dire qu'il n'était qu'un homme comme les autres, et qu'elle était immunisée, elle ne pouvait s'empêcher d'y être sensible.

Mieux valait s'éloigner au plus vite.

— A 10 heures dans la salle de conférences, lui rappela-t-il d'une voix douce au moment où elle franchissait le seuil.

Durant la réunion, il se montra impitoyable, exigeant une restructuration immédiate et radicale de Karsouli Entreprises. Tous les détails avaient été prévus et consignés dans des dossiers placés devant chaque participant, à qui furent accordées quarante-huit heures pour approuver l'opération ou émettre des réserves.

Alesha eut bien du mal à contrôler son animosité et à offrir un visage de marbre alors qu'elle bouillait de rage. Elle y parvint cependant, et sourit poliment aux participants lorsqu'une fois la réunion terminée, ils passèrent devant elle pour sortir de la pièce. Les cadres les plus anciens auraient sans doute des questions à poser, mais les plus récemment engagés se contenteraient d'exprimer leur inquiétude. De son côté, elle ferait de son mieux pour contrôler la situation.

Mais pour le moment, elle avait un compte à régler avec l'homme qui avait sans vergogne pris le pouvoir. Elle referma soigneusement la porte et se dirigea vers Loukas, qui rangeait des dossiers dans sa mallette.

— Comment as-tu osé préparer ces changements sans me consulter ? Mon père…

— Ton père, la coupa-t-il, s'est laissé guider par ses sentiments et t'a caché la réalité !

En parlant, il observait ses yeux sombres qui lançaient des flammes. Alesha Karsouli avait du tempérament, et il aimait cela !

— Tu ne peux pas renvoyer…

— Dimitri avait établi un dossier détaillé sur chaque employé, l'interrompit-il de nouveau en lui tendant un feuillet. J'ai noté ici ce que j'en pense. Etudie les dossiers pendant mon absence et parlons-en ensemble à mon retour.

— Et si je ne suis pas d'accord ?

— Nous en discuterons tous les deux.

— Tous les deux ? s'exclama-t-elle avec une ironie amère. Monsieur est trop bon ! Peut-être devrais-je te baiser les pieds parce que tu daignes m'accorder un créneau dans ton emploi du temps ?

La sonnerie du mobile de Loukas retentit soudain.

— Il faut que je prenne cet appel, fit-il après avoir consulté l'écran. Alors, 15 h 30 dans mon bureau.

Elle le fusilla du regard, mais résista à la tentation de lui jeter n'importe quel objet à la figure. Il activa alors son téléphone, mettant fin à leur entretien. Tournant majestueusement les talons, Alesha sortit de la pièce sans claquer la porte comme elle aurait tant aimé le faire ; elle regagna son bureau en se jurant de lui dire ce qu'elle avait sur le cœur à la première occasion.

Si seulement il pouvait déjà être 15 h 30 !

3.

Alesha passa le reste de la matinée à expédier les affaires en cours. Vers 13 heures, elle demanda à son assistante d'aller lui chercher un sandwich salade-poulet et un double café bien serré. Un déjeuner qu'elle avala devant son ordinateur, tout en consultant des notes et en répondant à ses courriels. Elle avait demandé à Anne de libérer complètement son emploi du temps et de ne lui passer aucun appel entre 14 h 30 et 15 h 30. Elle voulait préparer au mieux l'entretien avec Loukas.

A 15 h 20, elle se remaquilla légèrement et, dix minutes plus tard, comme toujours ponctuelle, elle entrait dans le bureau de son père… non, de Loukas Andreou.

Debout devant la fenêtre, ce dernier semblait observer le port, téléphone à l'oreille, visiblement attentif à ce que lui disait son interlocuteur. D'un geste, il fit signe à Alesha de s'asseoir.

Elle préféra rester debout et lut dans son regard une brève lueur d'amusement. A son grand étonnement, il se mit à parler en français dans son téléphone, certainement à une femme à en juger par le ton qu'il employait. Une de ses maîtresses, passées ou présentes ? En tout cas, une amie très proche…

Alesha baissa les yeux et s'aperçut qu'elle frottait nerveusement et machinalement ses mains l'une contre l'autre. Etait-elle jalouse de la femme à qui Loukas témoignait tant d'affection ? Pourtant, cela aurait dû lui être parfaitement égal. D'autant plus égal qu'elle ne voulait plus d'homme dans sa vie ; et certainement pas celui-là, trop imposant, trop puissant, trop présent, tout simplement « trop ». Mais alors, comment expliquer la brusque rougeur qui avait envahi ses joues et cette étrange sensation qu'elle sentait s'éveiller au plus profond d'elle-même ?

Un petit frisson coula le long de son échine. Pourquoi ne pas appeler un chat un chat ? Ce Grec plein de vigueur exsudait un magnétisme quasi primitif, une promesse sensuelle presque tangible, et un instant elle se demanda ce qu'elle ressentirait s'il s'emparait de sa bouche… s'il la possédait…

D'un geste de la main, elle chassa ces pensées parasites. Assez ! Elle devait rester concentrée sur la situation présente. Elle observa la pièce et nota quelques changements. Un équipement technologique de pointe avait pris place autour du classique bureau de bois massif de son père. Quelques dossiers s'y entassaient, ainsi qu'un lecteur MP3. L'attirail typique de l'homme d'affaires très occupé.

— On y va ?

Alesha jeta à Loukas un regard froid tandis qu'il rempochait son téléphone, prenait sa mallette, son portable, et lui faisait signe de sortir la première de la pièce.

— Je te retrouve dans le bureau du notaire, lui dit-elle dans l'ascenseur qui les menait vers le parking souterrain.

— Pourquoi ne pas y aller tous les deux dans ma voiture ?

— Je préfère te suivre.

Quand les portes se rouvrirent, il lui jeta un regard suspicieux.

— Tu as vraiment envie de me contredire ?

L'air était frémissant d'une tension qu'elle préférait ne pas analyser. Elle savait qu'il ne servait à rien de poursuivre dans la voie de l'affrontement avec Loukas, même à fleurets mouchetés, mais un méchant génie perché sur son épaule la poussait à se battre.

— Excuse-moi, susurra-t-elle. J'ai tendance à oublier que la plupart des femmes rêvent de faire tes quatre volontés.

— Pas toi ? s'étonna-t-il, une lueur amusée dans les yeux.

— Non. Pourtant, pour une fois, je vais en passer par là où tu veux et monter dans ta voiture. Simplement, quand tout sera terminé, je prendrai un taxi pour revenir au bureau.

Arrivé près de l'Aston Martin, Loukas en déverrouilla les portières et le coffre où il déposa sa mallette et son portable.

— Au retour, je peux très bien te déposer à ton bureau en allant à l'aéroport.

— Ce n'est pas sur ton chemin.

— En attendant, que dirais-tu de monter ? fit-il sur un ton aimable mais sans réplique.

Elle se glissa sur le siège passager.

— Tu es toujours d'une arrogance aussi monstrueuse ?

— Quand les circonstances l'exigent, répondit-il en démarrant.

En raison de la circulation et des nombreux feux, il leur fallut quinze bonnes minutes pour se rendre chez le notaire, et cinq de plus pour réussir à se garer.

Tandis qu'ils attendaient l'ascenseur, Alesha remarqua que Loukas l'étudiait avec attention. Elle releva la tête pour croiser son regard.

— Que se passe-t-il ? Mon mascara a coulé ? J'ai abusé de l'autobronzant ?

— Tu es parfaite, déclara-t-il, continuant à la dévisager d'un air réjoui.

— Si c'est le mâle dominant qui l'affirme…, se contenta-t-elle de répondre en pénétrant dans la cabine.

Quelques minutes plus tard, elle avait en main les documents détaillant les dispositions légales relatives au testament de son père. Le contrat, dont elle avait déjà lu attentivement une copie, envisageait tous les imprévus possibles.

Alors pourquoi avait-elle l'estomac noué et le souffle court ? Sans doute parce que chaque étape franchie la rapprochait davantage d'un mariage que tout son être refusait. Avec un homme à qui elle était bien obligée de faire confiance. Pourtant, elle pouvait encore s'y opposer, à condition d'en payer le prix et de renoncer à Karsouli Entreprises. Elle se contenta donc d'écouter le notaire et signa là où il le lui demandait ; puis Loukas parapha à son tour les documents.

— Je serai très honoré d'être témoin de votre mariage vendredi. Dimitri aurait totalement approuvé cette solution.

Alesha adressa à l'homme de loi un sourire crispé. Et elle, avec ses émotions et ses envies, ses rêves et ses espoirs, avait-elle la moindre importance ou n'était-elle qu'un pion sur cet échiquier diabolique ? Elle soupira : inutile de se torturer puisque c'était fait. Ou presque. Prochaine étape, le mariage.

Elle précéda Loukas dans l'ascenseur et voulut appuyer sur la touche du rez-de-chaussée, mais il la devança et pressa le bouton du sous-sol. Alesha sentit de nouveau la colère l'envahir face à cette nouvelle manifestation d'autoritarisme. Croyait-il pouvoir diriger sa vie ? Elle le foudroya du regard, ce qui ne sembla pas l'ébranler le moins du monde.

— Ne sois pas stupide…

Ce furent ses seules paroles, alors qu'il lui tenait la portière côté passager de son cabriolet et, d'un geste de la main, l'incitait à y prendre place.

Alesha obtempéra en silence.

— Je te laisse avec plaisir le choix du second témoin, annonça-t-il après avoir démarré.

— D'accord.

Il n'y avait qu'une personne à qui elle puisse demander ce

service : Lacey Pattison, son amie d'enfance et confidente, qui avait également été sa première demoiselle d'honneur lors de son précédent mariage.

En silence, ils retraversèrent la ville. Ils trouvèrent une place au pied de la tour qui abritait Karsouli Entreprises.

— Si tu as quoi que ce soit à me demander, tu as mon numéro de portable.

— C'est ici que je te souhaite bon voyage ? demanda Alesha.

— Je serai de retour jeudi soir.

— Et moi, je serai sans doute en train d'enterrer ma vie de jeune fille entourée de strip-teaseurs.

— Amuse-toi bien.

— Je ferai mon possible.

Soudain, il se pencha sur elle et posa sa bouche sur la sienne. Un baiser à couper le souffle, sans autre exigence, mais plein de résolution. Puis il se redressa et fixa intensément son visage. Alesha avait pâli. D'un mouvement fluide, elle défit sa ceinture, saisit son sac et s'extirpa de l'habitacle. Arrivée à l'ascenseur, elle s'autorisa enfin à penser. Elle avait l'impression que ses lèvres gardaient encore l'empreinte de celles de Loukas.

Que lui arrivait-il ? Rien ne l'avait préparée à la violence de cette sensation, ni à sa propre réaction — le désir impérieux de prolonger ce baiser... Non, c'était impossible, elle ne pouvait pas avoir eu cet élan. Ce ne pouvait être que le produit de son imagination, conclut elle en traversant la réception pour se diriger vers son bureau.

A peine eut-elle expliqué au téléphone la situation à Lacey qu'elle fut soumise à un feu roulant de questions, auxquelles elle eut beaucoup de mal à répondre.

— O.K., déclara finalement Lacey. Je sais maintenant

qui, pourquoi, où et quand. Maintenant, venons-en à l'essentiel : ta tenue.

— Je suis certaine d'avoir quelque chose de mettable dans ma garde-robe.

— Nous irons faire des courses demain après-midi.

— Lacey, je t'en prie…

— A Double Bay. 15 eures, précisa-t-elle avant de lui indiquer le nom d'une boutique.

— Je termine à 17 heures.

— Tu partiras plus tôt. C'est toi le chef.

— Tu es impossible.

— C'est pour ça que je suis ton amie. 15 heures. Ne sois pas en retard, nous aurons beaucoup à faire.

Alesha ouvrit la bouche pour protester, mais Lacey avait déjà raccroché.

Le lendemain, elle se rendit au bureau de bonne heure, se passa de déjeuner et retrouva son amie à l'heure dite.

— D'abord un café, quémanda-t-elle. Bien serré, bien sucré.

Mais Lacey l'entraîna immédiatement vers une rue où s'alignaient des boutiques plus luxueuses les unes que les autres.

— S'il te plaît, protesta Alesha.

— La robe d'abord, répondit Lacey sur un ton sans réplique.

— J'ai besoin de reprendre des forces.

— Manœuvre dilatoire. L'achat d'une robe de mariée doit être un acte réfléchi. Il nous faut du temps.

— Une boutique, pas plus, concéda Alesha. Je choisis. J'essaie. Je sors ma carte. On s'en va.

— Compte là-dessus, rétorqua son amie avec un sourire carnassier.

— Je savais bien qu'en acceptant de venir je m'exposais à de graves ennuis.

— Respire un grand coup avant d'entrer.

Elle lui désigna un petit magasin, dont la vitrine s'ornait d'un seul modèle. Alesha poussa un long soupir.

— Je ne pense pas…

— Tant que je suis là pour te guider, inutile de penser.

— C'est bien ce qui m'inquiète.

La vendeuse les accueillit avec une politesse raffinée avant de prêter une oreille attentive au discours de Lacey.

— Une robe blanche ?

— Plutôt ivoire, répondit Alesha.

— Longue, intervint son amie.

— Disons à mi-mollet, corrigea la future mariée.

— Originale.

— Mais très simple.

— Cela m'aiderait de savoir où auront lieu la cérémonie et la réception, ainsi que le nombre d'invités, déclara la vendeuse.

— Il s'agit d'un mariage civil célébré dans une maison particulière devant deux témoins.

— Je crois que nous avons le modèle qu'il vous faut.

La robe qu'elle leur présenta était parfaitement coupée, mais d'un rose très pâle qui ne plut pas à Alesha.

Dans la seconde boutique était exposée la robe idéale, mais elle n'existait qu'en noir.

— Tu ne peux pas te marier en noir, protesta Lacey en voyant hésiter son amie.

— On voit bien que ce n'est pas à toi que ça arrive ! Et j'aimerais prendre un café.

— Tout à l'heure, répliqua Lacey en guidant fermement Alesha vers sa voiture.

— Où allons-nous ? Tout devrait déjà être réglé !

La troisième boutique se révéla la bonne, et Alesha poussa un soupir de soulagement lorsqu'elle eut passé une robe de soie ivoire et champagne, très ajustée et rehaussée de fines bandes de dentelle.

— Il te faut des sandales à talons et un minimum de

bijoux, décréta Lacey. Des boutons d'oreilles en diamant. Peut-être un bracelet.

Alesha s'efforça de ne pas ciller quand la vendeuse lui annonça le prix de la robe. Quelques instants plus tard, elle sortait de la boutique avec un énorme sac brillant, sur lequel s'étalait le sigle d'un styliste à la mode.

— Les sandales d'abord, insista Lacey. Après tu auras ton café.

— Merci, dit Alesha en embrassant son amie. Sans toi, jamais je n'y serais arrivée.

— Depuis le temps qu'on se connaît…

— Tu es une vraie sœur.

— Tu mérites tellement d'être heureuse, déclara Lacey un peu plus tard, lorsqu'elles furent enfin assises devant un café.

— C'est la caféine qui te fait cet effet ? plaisanta Alesha.

— Loukas a l'air d'un brave type.

— Qu'est-ce que tu en sais ?

— Tu ne te souviens pas qu'on s'est déjà rencontrés ? Il m'avait fait une grosse impression.

— Tu dis ça pour me réconforter ?

— Il est canon ! Il a de ces yeux ! Et une bouche…

— Tu as faim, on dirait, ironisa Alesha. Allez, je t'invite à dîner !

— Où ? s'enquit Lacey en riant

— Choisis.

— Tu es bien imprudente. Un Italien. Il y en a un qui sert des pâtes à tomber, mais c'est à l'autre bout de la ville.

— On y va ! lança Alesha en se levant, heureuse de ces instants complices passés avec son amie.

Et le plaisir se prolongea autour de mets délicieux et d'un peu de vin. Elles passèrent un moment agréable à évoquer des souvenirs communs qui les firent bien rire.

En rentrant chez elle, le cœur plus léger, Alesha songea qu'une amitié vraie était un véritable trésor.

Mais cette nuit-là, elle fut de nouveau réveillée, en sueur, le souffle court, par son cauchemar récurrent, toujours aussi violent. Après avoir allumé la lampe de chevet, elle porta la main à son visage, s'attendant presque à le trouver douloureux et enflé. Mais ses joues étaient fraîches ; sa respiration finit par se calmer et son cœur par retrouver un rythme normal.

« Tout va bien, se répéta-t-elle plusieurs fois. Tu es chez toi, seule et en sécurité. »

Incapable de se rendormir cependant, elle rejeta les couvertures et se dirigea vers la cuisine pour se préparer un thé. Puis elle s'installa dans un fauteuil confortable devant la télévision et arrêta son choix sur une comédie. Et elle ne bougea plus avant que l'aube ait progressivement éclairé de gris pâle le ciel indigo.

Elle prit une douche, s'habilla et prépara son petit déjeuner : yaourt, fruits et café. Après s'être maquillée et avoir rassemblé son portable, son sac et ses clés, elle monta dans sa voiture. Cette journée allait être décisive.

Elle fut surtout catastrophique : son assistante appela pour prévenir qu'elle était malade, et l'intérimaire qu'on envoya à Alesha se révéla incapable de la moindre initiative, ce qui occasionna des retards en chaîne.

Ensuite, son ordinateur portable s'éteignit brusquement et refusa de redémarrer. Elle perdit une heure, le temps que le responsable informatique de l'entreprise la dépanne. Heureusement, seuls quelques fichiers furent perdus.

Du coup, Alesha décida de zapper le déjeuner, alternant cafés et verres d'eau. En milieu d'après-midi, elle s'autorisa une banane. La faim et le manque de sommeil ne tardèrent pas à provoquer une migraine, qui s'intensifia progressivement. A 17 heures, elle fut tentée d'abandonner, mais réussit à tenir deux heures de plus, qui lui permirent de rattraper son retard.

Elle avait pratiquement terminé quand la sonnerie de

son mobile retentit ; elle décrocha instinctivement, sans même regarder qui l'appelait — ce qui ne lui arrivait qu'en cas d'extrême fatigue.

— Alesha ?

Il n'y avait pas à hésiter sur le propriétaire de cette voix profonde, teintée d'un léger accent.

— Salut.

— Tu es encore au bureau ? Je suis dans l'ascenseur.

Elle ouvrit de grands yeux. Déjà ? Loukas avait bien dit qu'il appellerait, mais elle ne s'attendait pas à le revoir avant la cérémonie du lendemain. Ni à éprouver cette curieuse sensation au creux du ventre…

Deux minutes plus tard, la haute silhouette de Loukas apparaissait sur le seuil. Alesha sentit son pouls s'accélérer furieusement tandis qu'il s'approchait d'elle.

— Tu travailles bien tard.

Il s'immobilisa près du bureau, et ses yeux s'attardèrent longtemps sur le visage de la jeune femme, marqué par la fatigue. Elle avait l'air épuisée, presque fragile. Même si ses yeux restaient obstinément fixés sur l'écran, il vit qu'elle était affaiblie ; probablement une migraine, se dit-il.

— Pourquoi es-tu venu ?

— Je voulais récupérer un dossier qui n'a pas été téléchargé comme il l'aurait dû.

Une erreur de son assistante, qui avait été celle de son père durant de longues années ? Ce dernier s'était toujours montré très exigeant avec ses collaborateurs, mais pas autant que Loukas.

— Dure journée ? s'enquit-il

Alesha ferma brièvement les yeux, tentée de lui répondre la vérité. Mais créer de l'intimité entre eux n'était pas une bonne stratégie…

— J'ai presque terminé.

— Dans ce cas, je t'invite à manger chinois.

En relevant la tête, elle aperçut le sac en papier posé

sur son bureau, et son estomac se rappela instantanément à son bon souvenir.

— Tu as apporté à manger ?

— Je n'ai pas pu vraiment déjeuner.

Le repas qu'on lui avait fourni dans l'avion n'avait pas suffi à le rassasier après quatre heures de travail intense. Réorganiser les équipes et mettre à plat les nombreux problèmes rencontrés dans le groupe Karsouli lui avait pris plus de temps et d'énergie que prévu. En général, il aimait ce genre de remaniement et les négociations afférentes, qui avaient fait sa redoutable réputation. Mais ce conglomérat était structuré de façon très particulière, et il avait conscience que son approche habituelle ne donnerait rien dans le cas présent.

Quelques heures de travail de plus ne lui faisaient pas peur, mais il ne s'attendait pas en arrivant à trouver la BMW d'Alesha encore garée dans le parking.

Après avoir ouvert les différents emballages, il tendit à la jeune femme une paire de baguettes.

— Sers-toi.

Ce qu'elle fit avec une évidente satisfaction.

— Merci. C'est beaucoup mieux qu'un œuf dur et trois feuilles de salade.

— Tu ne devais pas sortir entre filles ?

— Mon stripteaseur a la grippe.

— Et tu ne lui as pas trouvé de remplaçant ? interrogea Loukas, une étincelle d'humour dans le regard.

— Personne à la hauteur.

— Dommage.

Alesha baissa les yeux. La présence de Loukas la déstabilisait. Il y avait chez lui une sorte de magnétisme sexuel très primitif, qui provoquait en elle une tension bizarre faite d'envie non assumée et d'appréhension. Ce serait une pure folie de succomber à cette attraction. Cet homme ne lui plaisait même pas. Elle ferait bien mieux de partir.

Elle prit son portable, son sac et sa veste.

— Je t'accompagne jusqu'à ta voiture.

— Inutile.

— Ce n'est pas mon avis, déclara-t-il en s'effaçant pour la laisser sortir.

Elle fut tentée de discuter, mais préféra sourire.

— C'est très gentil à toi.

Il leva la main vers son visage pour lui caresser délicatement la joue, un geste anodin qui la fit frissonner.

— Tu devrais dormir, lui conseilla-t-il avant de laisser retomber sa main.

Elle mit quelques secondes à calmer les battements de son cœur. Heureusement, l'ascenseur était à l'étage et elle n'eut pas à attendre à côté de Loukas. En silence, ils descendirent jusqu'au sous-sol et elle se glissa derrière le volant de sa voiture avec un soupir de soulagement. Elle démarra immédiatement, et prit la rampe menant à la rue.

Arrivée chez elle, elle se sentit un peu mieux. Après une douche chaude, elle se mit en pyjama avant de se préparer un thé et deux analgésiques. Puis elle s'installa confortablement devant la télé ; elle y resta une heure avant de filer au lit.

Juste avant de s'endormir, l'idée que le lendemain elle serait de nouveau mariée vint la tarauder. Elle devrait partager le toit et le lit de Loukas… Combien de temps l'autoriserait-il à faire lit à part ? Quelques nuits ? Une semaine ?

Au fond, cela lui était égal. Le sexe n'était que… du sexe. Dans l'obscurité de la nuit, il lui suffirait de fermer les yeux et d'attendre que ça se passe.

Rien de très difficile.

4.

Alesha finit de se maquiller et reposa son tube de rouge à lèvres, songeuse. Deux mariages à trois ans d'intervalle. Et si différents ! Le jour et la nuit.

Le vrai mariage, elle l'avait déjà vécu : robe de couturier, quatre demoiselles d'honneur et un page, l'église, plusieurs centaines d'invités, une pièce montée, une réception huppée. Et Seth. De ce fait, la perspective d'une cérémonie civile célébrée dans le parc de la propriété du marié, avec comme seuls témoins Lacey et le notaire de son père, ne l'angoissait aucunement.

Mais dans ce cas, pourquoi avait-elle les nerfs à vif ?

— Tu es splendide.

Le compliment de Lacey, sincère, aurait dû lui donner de l'assurance. Pourtant, son estomac restait noué.

— Merci.

— C'est tout ce que tu emportes ? lui demanda son amie en désignant le sac posé au pied du lit.

— Pour un week-end, c'est bien suffisant.

— Chérie, tu vas t'installer chez Loukas. Définitivement. Tu dois faire tes bagages.

— Demain, je viendrai prendre quelques affaires.

— C'est cela…, se contenta d'articuler Lacey sur un ton on ne peut plus sceptique.

Alesha se résigna à voir son amie ouvrir les portes et les tiroirs de son dressing et remplir une valise de ses tenues favorites. Elle la connaissait suffisamment pour savoir que discuter était peine perdue.

— Voilà une bonne chose de faite, déclara Lacey en refermant la valise.

Sur le chemin de Point Piper, la voiture de Lacey pratiquement collée à la sienne, Alesha se demanda une fois de plus comment elle avait pu être assez folle pour accepter ce mariage. Mais quand le vin est tiré…

La propriété de Loukas était entourée de hauts murs. Après avoir franchi une grille monumentale et emprunté une allée sinueuse, Alesha aperçut la maison, une villa à deux étages fermée par une porte de bois sculpté à deux battants. Elle arrêta sa BMW près d'un 4×4 dernier cri et Lacey se gara à côté. Elle n'avait pas encore coupé le contact que la silhouette de Loukas apparut sur le seuil. Vêtu d'un costume noir qui soulignait sa minceur et la largeur de ses épaules, il s'avança vers elle d'un air un peu intimidant et lui ouvrit la portière. En le voyant, elle ne put s'empêcher de ressentir de nouveau une curieuse sensation au creux de l'estomac.

— Alesha…

A le sentir si proche, avec ce regard sombre qui pesait sur elle, sa tension nerveuse s'accrut encore. Dans moins d'une heure, elle aurait épousé cet homme, et sa vie en serait bouleversée. Cela l'inquiétait soudain plus qu'elle ne l'aurait imaginé. Comme Seth, Loukas allait-il brusquement révéler une personnalité cachée ?

A cette seule idée, un frisson glacé courut le long de son échine, et le sourire forcé qu'elle arborait se figea sur ses lèvres. Elle espéra qu'il n'avait rien remarqué.

Un léger bruit de moteur lui fit tourner la tête et elle aperçut un véhicule qui se garait à côté de la voiture de Lacey.

— L'équipe est au complet, murmura-t-elle en reconnaissant le notaire.

Loukas les introduisit dans un vaste hall pavé de marbre, éclairé par un énorme lustre de cristal et merveilleusement décoré de meubles et de tableaux anciens. Au fond s'élevait un double escalier de marbre orné d'une rampe de fer forgé.

— Si vous voulez bien me suivre dans le salon, proposa Loukas. Tout est prêt.

Alesha l'accompagna, hypnotisée par sa présence, sans vraiment prêter attention à la beauté du décor et des hauts plafonds. Elle remarqua pourtant, posés sur une petite table recouverte d'une nappe de dentelle blanche, une bougie allumée, un délicat bouquet d'orchidées crème et une bible reliée de cuir.

La cérémonie allait commencer, songea-t-elle en observant le célébrant qui discutait avec le notaire. Elle pouvait le faire… Il fallait qu'elle le fasse !

Comme s'il avait deviné ses pensées, Loukas vint lui prendre la main, qu'il garda serrée dans la sienne. Pour l'empêcher de fuir ? Difficile à dire.

Elle entendit les paroles prononcées et s'obligea à dire les formules destinées à l'unir à Loukas ; il y mit plus de solennité qu'elle.

Ensuite, il glissa à son doigt une bague de diamants, puis la surprit en portant sa main à ses lèvres. Il lui tendit l'anneau qu'elle devait lui passer au doigt. Elle tremblait un peu, mais réussit à s'acquitter de cette obligation.

— Je suis très heureux de vous déclarer mari et femme, énonça en souriant le célébrant.

Loukas posa ses lèvres sur celles d'Alesha, en un baiser bref et sensuel qui provoqua en elle un trouble intense, inexplicable. Comme si son corps n'était pas en phase avec les exigences de sa volonté.

Elle préféra ne pas penser à ce qu'elle allait éprouver lorsqu'il lui faudrait supporter un contact plus intime, sentir les mains et la bouche de son mari se poser sur son corps pour l'inciter à répondre à son désir.

Y réussirait-il ? En quittant Seth, elle avait verrouillé la porte de sa vie émotionnelle avant d'en jeter la clé. Elle s'était juré de ne plus jamais laisser un homme l'approcher. Soudain, tandis qu'il l'étreignait, elle prit conscience du rire de Lacey et des félicitations du notaire et du célébrant. La main de Loukas resta posée sur sa taille jusqu'au moment où il s'écarta pour ouvrir une bouteille de champagne qui attendait dans un seau.

Alesha s'exhorta alors à sourire ; après tout, n'était-elle pas censée être heureuse ?

Le futur de Karsouli Entreprises était assuré, du moins dans la mesure où elle pouvait faire confiance à l'homme qu'elle venait d'épouser.

Oui, elle devait jouer le jeu, faire semblant. Ne s'était-elle pas entraînée ces dernières années ?

Elle accepta une flûte de champagne et sourit pendant que Lacey lui souhaitait beaucoup de bonheur et un avenir sans ombre. Elle réussit même à avaler un des canapés que faisait circuler sur un plateau l'intendante de Loukas.

Le célébrant prit rapidement congé, suivi du notaire et de Lacey, qui déposa sur la joue de son amie un baiser léger avant de se tourner vers Loukas :

— Prenez bien soin d'elle.

— C'est mon intention.

Ils traversèrent le hall jusqu'à la porte, que Loukas ouvrit.

— Sois prudente, ordonna Alesha à son amie.

— Comme toujours.

Il y eut un bruit de talons sur le sol de l'allée, le bip d'une clé, un claquement de portière puis le bruit du moteur. Alesha observa la voiture de Lacey dans l'allée et la lumière rouge de ses feux au moment où elle franchissait la grille. Puis le véhicule disparut.

Elle était seule avec Loukas Andreou…

Elle était extrêmement consciente de la présence de l'homme qui se tenait à côté d'elle, et de la souplesse de ses mouvements quand il referma la porte.

Cette maison lui paraissait déjà immense, alors qu'elle ne l'avait pas encore entièrement visitée. Ainsi, les chambres devaient se situer à l'étage. Elle se demanda dans quelle aile se trouvait la chambre de maître.

— Eloïse a dû monter tes bagages, fit Loukas en lui indiquant l'escalier.

— Je vais avoir droit à une visite guidée ?

— Tu préfères découvrir les lieux seule ?

Elle commença à gravir les larges marches de marbre.

— Je risquerais de me perdre.

— C'est très simple. Au premier étage, dans l'aile gauche se trouvent ma chambre et mon bureau ; les chambres d'amis dans l'aile droite. Au rez-de-chaussée, le grand et le petit salon, la salle à manger, la salle informatique, la salle de spectacles, la cuisine, l'office. Au sous-sol, la salle de sport, les jeux, la piscine couverte. Il y en a une autre à l'extérieur. Les chambres du personnel se trouvent au-dessus des garages.

Arrivés à l'étage, ils tournèrent à gauche.

— C'est une grande maison pour un homme seul.

— Mais je ne suis plus seul, Alesha, corrigea-t-il calmement.

Il ouvrit une double porte, qui révéla une vaste chambre meublée de deux lits *king-size*.

Il avait donc tenu parole. Elle aurait dû être soulagée, mais en partie seulement. Partager la même chambre supposait une intimité qui lui paraissait vraiment inconfortable. Même si elle comportait deux salles de bains et deux dressings.

De la fenêtre, la vue sur la ville et le port était spectaculaire, et certainement magique à la tombée de la nuit, quand le haut des tours s'illuminait de néons.

Loukas se débarrassa de sa veste et de sa cravate avant de déboutonner le col de sa chemise. Il vit qu'Alesha retenait son souffle ; elle ne réussit pas à lui cacher la lueur d'appréhension qui passa dans son regard.

— Tu devrais te changer, proposa-t-il.

Dans cet environnement étranger, elle lui rappelait un poulain craintif qui a déjà fait l'expérience de la peur et sans doute de la douleur, et a toutes les raisons de se méfier.

— Eloïse a défait ta valise, déclara-t-il en lui indiquant un des dressings. Demain, nous enverrons chercher le reste de tes affaires.

— Je peux m'en occuper moi-même.

— C'est inutile.

Alesha n'insista pas. Ce serait effectivement plus rapide et aisé avec de l'aide, inutile de s'entêter sur un tel sujet.

Elle pénétra dans le dressing à la recherche d'une tenue confortable parmi celles que Lacey avait emballées. Un pantalon et un haut de coton feraient l'affaire.

En ressortant quelques minutes plus tard, elle aperçut Loukas debout près de la large fenêtre. Sa chemise blanche, dont il avait retroussé les manches — et qui faisait ressortir sa carrure —, lui donnait une allure plus décontractée. Elle frissonna lorsqu'il se tourna vers elle.

Elle le connaissait depuis des années. Il était le fils du meilleur ami de son père, et elle l'avait croisé à maintes reprises dans des réceptions ou lors de dîners plus intimes. Elle savait que quand il jouait, c'était pour gagner. En affaires comme avec les femmes.

Ce qui lui avait permis de s'emparer de Karsouli Entreprises, et d'elle aussi. Une cerise sur le gâteau en quelque sorte…

— Si nous allions dîner ?

Manger n'était pas sa préoccupation essentielle, mais c'est sans déplaisir qu'Alesha dégusta un vin excellent et des plats raffinés, tout en conversant agréablement de tout et de rien avec Loukas.

— Tu vois régulièrement Lacey ?

Alesha se demanda s'il s'intéressait réellement à leur amitié, ou s'il cherchait, après une heure de propos généraux, à aborder un sujet plus personnel.

— Oui. Nous dînons ensemble une fois par semaine et, de temps en temps, nous allons au cinéma ou faire du shopping.

— Je crois me rappeler que tu adorais le tennis. Tu joues toujours ?

— Plus aussi souvent que naguère, avoua-t-elle avant d'avaler une gorgée de vin. Et toi, tu voyages toujours beaucoup ?

— Ces temps-ci, mon père préfère rester en Grèce. Comme Andreou a des filiales à Londres, Milan et New York, je navigue entre ces trois villes, tout en supervisant ce qui se passe dans la maison mère, à Athènes.

— Et maintenant, tu viens d'ajouter Sydney à la liste de tes destinations.

— Cela te révulse toujours autant ?

— Il faut bien que je l'accepte. Comment vont tes parents ? Et ta sœur Lexi ?

— Très bien. Ma mère fait partie de nombreuses associations. Lexi dessine des bijoux et possède un atelier dans le quartier de Plaka, à Athènes.

— Et ta tante Daria ?

— Toujours égale à elle-même.

Alesha, qui lui avait été présentée lors de son séjour à Athènes avec ses parents, se souvenait du franc-parler de la vieille dame. A cette occasion, ils avaient rencontré à plusieurs reprises Angelina et Constantin Andreou, les parents de Loukas.

— Maintenant que nous avons fait le tour de la famille et des amis, peut-être pourrions-nous en venir à des sujets plus personnels, déclara la jeune femme sur un ton léger. Comme par exemple nos futurs enfants. Tu dois savoir que le sexe de l'enfant est déterminé par le sperme. Si nous n'avons que des filles, j'en rejetterai donc complètement la responsabilité sur toi.

— Leur future mère n'est-elle pas la preuve vivante de ce que peut accomplir une femme dans la vie ?

— Tu me flattes pour que j'accepte plus facilement l'inévitable ? lança-t-elle, tout en se reprochant *in petto* d'aborder la première ce sujet délicat.

— Cela t'ennuierait si quelque chose naissait entre nous ?

Alesha leva les yeux au ciel. « Ennuierait » ? Le mot était faible.

— Même si quelque chose naissait entre nous, comme tu dis, cela garantirait-il que tout se passera bien quand nous serons au lit ?

Elle se mordit la lèvre. Pourquoi diable poursuivait-elle sur ce terrain-là ? Ne pouvait-elle pas tenir sa langue ?

— C'est ton ex qui t'a appris tout ça ?

— Tu crois vraiment que je vais répondre à cette question ?

Loukas se tut quelques instants, durant lesquels elle eut du mal à soutenir son regard.

— Tu viens de le faire.

Elle eut soudain très envie de l'envoyer promener, mais préféra garder un silence plein de dignité. Il possédait une profondeur de caractère et une force tranquille qui avaient toujours fait défaut à Seth. Mais, aveuglée par l'amour, elle ne s'en était pas rendu compte. Et Seth savait si bien jouer la comédie !

Comme cette seconde nuit de noces s'annonçait différente de la première ! A l'époque, elle était entourée de sa famille, de ses amis, et folle de son nouveau mari. Elle avait eu du mal à contenir son excitation à l'idée de se retrouver seule avec lui.

Elle avait cru qu'être amoureuse pourrait résoudre tous les problèmes. Elle avait vite déchanté… La nuit magique qu'elle avait imaginée n'avait pas eu lieu, car Seth avait trop bu de champagne. Quant au sexe… Il n'avait guère été à la hauteur. Quand, plus tard, elle avait refusé d'augmenter leur train de vie et d'acheter une maison plus grande, il s'était servi du sexe comme d'un moyen de la punir, et elle avait dès lors cherché autant que possible à éviter tout rapport. Jusqu'à ce qu'elle parte en se jurant qu'il n'y aurait plus jamais d'homme dans sa vie.

Et voilà qu'elle se retrouvait de nouveau mariée, mais avec quelqu'un que son père avait choisi pour elle. Partageant la même chambre, mais pas le même lit… Pour combien de temps ? Une nuit ? Deux ? Après tout, ce n'était pas si grave. Mais dans ce cas, pourquoi se sentait-elle si mal à l'aise ?

Parce qu'elle savait d'instinct qu'avec un homme du calibre de Loukas, elle risquait gros. A cause de cette aura sexuelle animale qui émanait de lui. Grisante, sauvage et, imaginait-elle, sans tabous. D'une certaine façon, elle brûlait de vivre cette expérience avec lui, tout en sachant qu'elle n'en sortirait pas indemne.

Elle fut soulagée de voir Eloïse entrer dans la salle à manger pour desservir la table, et préféra un thé au café serré qu'affectionnait Loukas. Dans combien de temps pourrait-elle murmurer une excuse pour se retirer ? Une heure ? Deux ? Loukas avait-il quelque chose en tête ? Peut-être s'attendait-il à ce qu'ils passent tranquillement la soirée devant un DVD ?

Elle sourit intérieurement. Le cynisme restait sa dernière ressource pour se défendre de la tension nerveuse qu'elle sentait monter en elle, inexorablement.

— J'ai quelques appels à passer en Europe, déclara Loukas, en la dévisageant comme s'il pouvait lire dans ses pensées. Je vais passer une heure ou deux sur mon ordinateur avant que la journée ne démarre de l'autre côté du globe.

— Je t'en prie, répondit-elle, en s'efforçant de dissimuler un soulagement presque palpable.

Elle se leva et sortit de la salle à manger pour se diriger vers l'escalier monumental. Demain, elle se familiariserait avec la maison, mais pour le moment, elle n'avait qu'une envie : prendre un bon bain dans le spa et se mettre au lit avec un livre, si elle réussissait à en trouver un.

Puis essayer de dormir.

Elle étouffa un ricanement. Dormir… Comme si elle allait pouvoir, alors que chacun de ses nerfs était en alerte, dans l'attente de Loukas.

Choisirait-il de dormir dans son lit à elle ou voudrait-il partager le sien ? Alesha s'aperçut qu'elle ignorait lequel des deux lits était celui de Loukas. Que se passerait-il si elle se trompait ? Considèrerait-il cela comme une avance ?

Elle poussa un profond soupir, dépitée de voir à quel point elle devenait hésitante et peureuse.

Après son divorce, elle avait retrouvé son indépendance et s'était forgé la réputation d'une femme d'affaires compétente, pleine d'assurance et qui ne se laissait guère impressionner — surtout pas par les hommes.

Mais depuis que son père lui avait mis Loukas en travers du chemin, elle se sentait fléchir. Il fallait qu'elle se tienne à l'écart de lui, car elle se rendait parfaitement compte qu'il lui serait impossible de le manœuvrer. Il possédait un pouvoir de séduction hypnotique qui la troublait autant qu'il l'effrayait. Elle le sentait confusément prêt à s'emparer de tout ce qui constituait sa personnalité : son corps, mais aussi son cœur et son âme. Ce devait être ainsi qu'il procédait habituellement avec les femmes.

Mais pas avec elle. Elle ne voulait pas se retrouver si complètement dépossédée qu'il ne lui resterait plus rien d'autre que lui. Elle ne croyait plus en l'amour, ou du moins en cette catégorie d'amour qui est censé durer une vie entière. Elle n'avait plus l'intention de faire confiance à un homme. Quand on s'est brûlé une fois, quelle folie de jouer de nouveau avec le feu !

Elle passa quelques minutes à examiner le splendide mobilier de la chambre, aux couleurs apaisantes et extrêmement confortable, avant de se décider à prendre son pyjama et à entrer dans la salle de bains, où le spa semblait lui tendre les bras. Elle était bien décidée à se relaxer suffisamment pour s'endormir avant que Loukas ne pénètre dans la chambre. Peut-être ne le verrait-elle même pas le lendemain matin, s'il se levait tôt pour descendre dans la salle de gym ?

Elle se glissa avec délectation dans l'eau bouillonnante avant de poser sa tête sur le coussin.

Pas plus de dix minutes. Et après, vite, au lit !

Il était presque minuit quand Loukas referma son ordinateur portable et éteignit la lampe. Après avoir parlé à son père à Athènes, à deux collègues de Paris et à un troisième à Milan, puis consulté les derniers cours de la Bourse, il avait opéré quelques changements dans ses projets.

Il étendit les bras pour s'étirer et dégourdir ses épaules ; ensuite, il resta assis quelques minutes en silence avant de se lever. Puis il alla dans la cuisine, où il but un verre d'eau glacée. Il vérifia ensuite le système de sécurité et se dirigea vers l'escalier.

En entrant dans sa chambre, il trouva une des lampes de chevet allumée mais les deux lits vides. Il frappa doucement à la porte de la salle de bains et, comme il n'obtenait pas de réponse, il l'ouvrit.

Il resta figé sur le seuil, observant le spectacle charmant qui s'offrait à lui : les jets du spa fonctionnaient et, dans la baignoire, il devinait sous les remous une mince silhouette féminine dont le visage endormi, sans trace de maquillage, paraissait si paisible qu'on aurait presque dit celui d'un enfant.

Ses lèvres qui s'ouvraient comme pour appeler un baiser. Loukas contempla longuement la peau de porcelaine, le nez parfait, les longs cils et les paupières semblables à deux pétales. S'approchant de la baignoire, il ferma les robinets avant de prendre un drap de bain et de murmurer le nom de la jeune femme.

Elle ne parut pas l'entendre. Son regard glissa alors sur ses courbes fines, ses seins ronds aux aréoles foncées et son ventre plat, dont le nombril s'ornait d'un diamant qui luisait sous la surface de l'eau. Et plus bas…

Il sentit monter en lui un désir, qu'il s'empressa de refréner.

— Alesha, fit-il d'une voix ferme. Réveille-toi.

Au frémissement de ses paupières, il saisit le moment où sa voix pénétra dans le subconscient de la jeune femme. Brusquement, elle ouvrit les yeux ; il y lut un mélange de surprise et de peur, avant qu'elle ne le reconnaisse et ne revienne à la réalité.

— Il est plus de minuit. Tu t'es endormie dans ton bain.

Il devina qu'elle cherchait à se contrôler. Dans un geste d'embarras et d'indignation mêlés, elle leva les mains pour dissimuler les parties les plus vulnérables de son corps.

— Pose cette serviette et sors… S'il te plaît !

Il fut tenté de la soulever hors de la baignoire, de la sécher et de la porter jusqu'à son lit. Son lit à lui.

Mais il s'était juré d'attendre qu'elle le désire vraiment. Il obéit donc et referma la porte derrière lui. Puis il se déshabilla, alla prendre une douche froide dans l'autre salle de bains et se glissa entre les draps, les mains croisées derrière la tête. Lorsqu'elle entra dans la chambre, dans son pyjama de coton qui la faisait paraître plus jeune encore, il l'observa sans bouger. En voyant qu'elle évitait de croiser son regard, il eut un petit sourire et attendit qu'elle se soit mise au lit pour éteindre la lampe.

— Bonne nuit, murmura-t-il dans le noir.

Elle lui répondit d'une voix si étouffée qu'il la perçut à peine.

5.

Dès qu'Alesha se réveilla, elle perçut la lumière qui filtrait à travers les rideaux à demi tirés sur l'immense baie vitrée. Un bref instant, elle se demanda où elle était. Puis la mémoire lui revint et, du regard, elle fit le tour de la vaste chambre.

En constatant que le lit voisin du sien était vide, elle poussa un soupir de soulagement.

Elle se passa la main dans les cheveux. Il était presque 8 heures. Elle se dépêcha de se lever et s'enferma dans la salle de bains.

Un jean et un T-shirt, les cheveux attachés en queue de cheval, une touche de gloss sur les lèvres : elle était prête à descendre dans la cuisine, en quête d'un café ou, mieux encore, d'un petit déjeuner. Elle y découvrit Eloïse qui remplissait le lave-vaisselle. Nulle trace de Loukas.

— Bonjour, dit-elle en adressant à l'intendante un sourire chaleureux.

— Quelle agréable journée ! répondit Eloïse en souriant à son tour. Que puis-je vous préparer ?

— Si vous n'y voyez pas d'inconvénient, je vais me faire un café et prendre des céréales et des fruits que j'irai manger sur la terrasse.

— Vous ne voulez pas un plat chaud ?

— Non, merci. Je préfère des céréales.

Il y avait quelque chose d'infiniment reposant dans le spectacle qu'offrait le port, empli de bateaux de toutes tailles qui tanguaient presque imperceptiblement les uns contre les autres — à l'exception des yachts, aussi immobiles que s'ils avaient été pris dans les glaces. Un remorqueur guidait un énorme tanker vers le quai tandis que des ferries faisaient la navette entre Manly et le centre-ville. Le soleil levant illuminait les vitres d'immenses gratte-ciel aux architectures variées. Elle avait eu beau voyager, Sydney restait sa ville, l'endroit où elle était née et où elle avait grandi. D'où cette impression familière, et tant de bons souvenirs. Jusqu'à ce que Seth apparaisse dans le décor…

Et au moment où elle commençait à se sentir un peu mieux, voilà que la main de son père venait de la projeter dans l'inconnu.

— Finis ton café. Ensuite, nous passerons chez toi prendre tes affaires.

Tournant la tête, Alesha découvrit Loukas, négligemment appuyé au chambranle de la porte. Vêtu d'un jean et d'une chemise en chambray, il avait une allure très décontractée. Mais ce qui la fascinait, c'était la profondeur de ses yeux de braise, et son regard bien trop perspicace pour qu'elle se sente vraiment tranquille. Il lui fallait reconnaître qu'il la troublait ; en sa présence, elle se sentait si vulnérable qu'elle était sans cesse sur le qui-vive.

— Je peux très bien m'en occuper toute seule.

— Hier, tu semblais d'accord.

— J'ai changé d'avis.

— Arrête un peu !

— Je ne savais pas qu'en acceptant ce mariage, j'aliénais ma liberté.

Il se pencha vers elle, sans la toucher mais si près qu'elle ne put s'empêcher de tressaillir.

— Tu choisis toujours le chemin le plus difficile ? Ou est-ce simplement pour le plaisir de t'opposer à moi ?

Elle frémit comme une biche apeurée et son pouls se mit à battre plus fort et plus vite.

— Si tu voulais une femme soumise à tous tes caprices, tu n'as pas fait le bon choix.

— Cela rendra ma vie plus passionnante.

— Tu crois ça ? lança-t-elle en souriant.

— Prends tes clés, lui intima-t-il en se levant, on y va. Tu as dû oublier la soirée de bienfaisance à laquelle nous assistons ce soir. Dimitri s'impliquait beaucoup dans cette association et notre absence serait malvenue.

Loukas vit défiler sur le visage de la jeune femme une série de sentiments successifs et contradictoires qu'elle ne réussit pas à dissimuler.

— Je doute que tu aies emporté une robe du soir dans ta valise.

Alesha baissa la tête. Ni robe, ni chaussures de circonstance. Comment avait-elle pu oublier d'inscrire cet événement sur son agenda ? Avec la mort de son père, l'enterrement, le testament, elle avait oublié. Sans parler du mariage…

Naturellement, elle pourrait toujours faire une apparition symbolique en compagnie de Loukas. Mais l'alliance qu'elle portait désormais au doigt risquait de susciter bien des spéculations. Fallait-il qu'elle assume dès aujourd'hui son nouveau rôle d'Alesha *Andreou* ? Elle n'en avait aucune envie, mais avait été élevée dans le respect du devoir et des œuvres charitables. D'autant plus que ce soir, si sa mémoire ne lui faisait pas défaut, il s'agissait de recueillir des fonds pour permettre à un enfant condamné à brève échéance d'accomplir un vœu qui lui tenait à cœur.

Après avoir ramené sa tasse et ses couverts dans la cuisine, elle monta chercher ses clés. En redescendant, elle trouva Loukas l'attendant dans le hall.

— Je peux très bien y aller seule. Je n'en aurai pas pour longtemps.

Mais cette tentative désespérée pour préserver son

indépendance fit long feu. Il lui ouvrit la porte et désigna le 4×4 qui attendait dans l'allée.

— En route.

Elle lui jeta un regard noir, qui ne l'empêcha pas de démarrer.

Ils parcoururent en silence le trajet jusqu'à Double Bay. Alesha réfléchissait à la suite des événements. Elle allait déménager ses vêtements, ses chaussures et ses effets personnels. Pour les meubles et l'appartement, elle déciderait plus tard. Le mieux était tout laisser en l'état. Elle pourrait toujours louer.

Sauf que ce lieu était comme un prolongement de sa personne ; tout y avait été choisi avec soin pour créer une harmonie délicate, et elle se serait damnée pour conserver cette cuisine et tout le mobilier. Elle était là chez elle, dans un sanctuaire qui témoignait de son triomphe personnel, de son retour de l'ombre vers la lumière, de la renaissance de sa force et de sa résolution.

— Je me charge de la commode pendant que tu vides la penderie, déclara Loukas dès qu'ils furent sur les lieux.

Elle lui lança un regard interloqué. Il avait donc l'intention de mettre les mains dans sa lingerie, ses bas, ses soutiens-gorge.

— Je préfère m'en occuper moi-même.

Mais il était déjà en train d'ouvrir un tiroir et d'en retirer ses strings de soie et ses culottes de satin pour les déposer dans un carton.

— Tu n'écoutes jamais personne, hein ? s'écria-t-elle, exaspérée, luttant contre l'envie de le bourrer de coups de poing.

Il eut un petit rire rauque qui lui mit les nerfs à vif et, avant même d'y penser, elle lui avait lancé la chaussure qu'elle tenait à la main. Il l'attrapa au vol et la déposa dans le carton avec le plus grand soin, sans cesser de sourire. Puis il lui offrit un regard qui la fit frémir.

— Tu as envie de jouer, *chérie* ?

Alesha plissa les yeux. Jouer ? Certainement pas au jeu auquel il pensait…

— Je ne pratique pas le sexe pendant la journée.

— Tu préfères les attouchements furtifs au cœur des ténèbres ?

Elle tressaillit : il venait précisément de décrire les manières de Seth, qui préférait toujours garder l'initiative de peur de perdre l'avantage. Loukas, lui, était beaucoup plus direct, et cela le rendait très attirant. Mais tout aussi dangereux. Un séducteur dont la réputation en matière de femmes n'était plus à faire.

Et c'était entre ses mains qu'elle était tombée.

Loukas capta la lueur fugitive qui passait dans les yeux d'Alesha. Il lisait en elle comme dans un livre ouvert. Il avait suffi d'un court mariage pour transformer cette jeune fille délicieuse, épanouie, en une femme morose qui fuyait les hommes.

Avait-elle été abusée ? Physiquement ? Moralement ? Ou les deux ? Il fut surpris de sentir monter la colère en lui à cette idée et, pour se calmer, tâcha de se concentrer sur le tiroir qu'il vidait.

De son côté, Alesha feignit de s'absorber également dans sa tâche et d'ignorer la présence de son mari, même si c'était très difficile. Ce soir… mais elle ne voulait même pas penser au rôle qu'elle allait devoir jouer à son côté.

Sourire, bavarder et faire semblant.

« Tout ira bien », se répéta-t-elle en remontant la fermeture à glissière d'un ravissant fourreau émeraude qui, trouvait-elle, mettait en valeur ses courbes. Elle avait préféré ne pas relever ses cheveux, et un léger maquillage rehaussait ses yeux et ses lèvres pleines. Elle fixa à ses

Sauf que sa maison était désormais celle d'un autre et qu'il était tard, ce qui signifiait que Loukas n'irait pas faire le tour des marchés financiers sur son ordinateur avant de se mettre au lit.

— Tu as la migraine ?

Elle se tourna vers lui. Il lui aurait été facile d'acquiescer… Mais elle était trop honnête. Une faible lueur éclairait le profil de son mari. Sous cet homme de pouvoir, élégant et sophistiqué, s'en cachait un autre, qu'elle avait du mal à cerner. Un homme capable de se marier et d'avoir des enfants sans amour.

Mais au fond, elle n'était pas tellement différente de lui : même si elle n'avait pas eu vraiment le choix, elle avait accepté le contrat.

— Tu ne t'es pas trop mal débrouillée ce soir, la complimenta-t-il, un demi-sourire aux lèvres.

— Et toi, tu as joué ton rôle à la perfection.

— Merci. Mais j'ai l'impression que tu as fait exprès de m'écraser le pied.

— Vraiment ?

Il sourit en pensant combien elle était très différente des femmes qu'il côtoyait habituellement, au travail ou dans son entourage. Prêtes à tout pour partager son lit. Captivées surtout par l'argent, les cadeaux, les voyages, et sa relative célébrité.

Il était plus de minuit quand il se gara enfin devant le perron de sa maison. Alesha se précipita dans l'escalier et grimpa dans la chambre. Là, elle ôta ses escarpins et ses boucles d'oreilles, et tenta de défaire le fermoir qui maintenait son pendentif.

Impossible.

— Laisse-moi faire.

Elle ne l'avait pas entendu entrer et retint sa respiration tandis qu'il se penchait sur sa nuque. Quelques secondes plus tard, il déposait le diamant au creux de sa paume.

— Merci.

Il lui jeta un regard sombre. D'un geste délicat du bout des doigts, il lui releva doucement le menton. En le voyant baisser les yeux vers elle, elle sentit son cœur battre la chamade.

— Ne…

Les lèvres de Loukas se posèrent sur les siennes en un baiser caressant et prometteur. Pour l'attirer à lui, il posa une main sur sa nuque et l'autre sur sa taille, comme s'il attendait sa réponse. Une onde de désir l'envahit, que rendit plus intense encore l'érotique ballet de sa langue autour de la sienne. Pourtant, Alesha se rendit compte qu'une force en elle luttait contre ce plaisir, et y superposait le souvenir des moments affreux vécus avec Seth.

Il aurait été si agréable de se laisser aller…

Loukas défit la fermeture à glissière de son fourreau, qui se répandit sur le sol dans un bruissement de soie. Elle n'était plus vêtue que d'un string de satin… Il prit ses seins dans ses paumes et commença à les caresser, jusqu'à ce qu'elle laisse échapper un soupir de plaisir. Sur sa bouche, celle de Loukas était toujours plus persuasive, plus insistante. En sentant sa main se couler contre son ventre et atteindre son intimité gorgée de désir, elle se cabra contre lui, incapable de retenir un cri de volupté.

Mais quand les doigts de Loukas entreprirent une lente exploration, Alesha se figea brusquement, assaillie par d'horribles images du passé. En proie à une panique irrépressible, elle lui martela le torse de ses poings pour échapper à son étreinte.

Immédiatement, il la lâcha. Elle resta à le regarder, haletante, incapable d'articuler le moindre mot. Pour tenter de contrôler le tremblement qui la secouait, elle croisa les bras, désespérée.

Elle aurait voulu courir se cacher, sauf que sa fuite

n'aurait rien résolu. Que pouvait-elle lui dire ? Toute explication la mènerait fatalement sur un terrain où elle ne voulait plus aller. Mais comment y échapper ?

En voyant Loukas lever une main, ses yeux s'élargirent et, instinctivement, elle recula d'un pas. Il la fixa d'un air sombre et pensif. Il avait lu la peur dans son regard avant qu'elle ait pu la masquer. Luttant contre la rage qui montait en lui — quelle espèce de brute était l'homme qui avait pu la traumatiser ainsi ? —, il alla chercher sa veste et la posa sur les épaules d'Alesha.

— Je suis désolée, murmura-t-elle en s'enveloppant étroitement dans le trop grand vêtement.

Loukas se sentit soudain submergé par une souffrance terrible, qui avait chassé sa colère. Sa frustration à lui finirait par s'apaiser, et il n'en avait cure à cet instant-là tant l'attitude d'Alesha laissait deviner un problème beaucoup plus grave ; et éclairait d'un jour nouveau son court mariage… En silence, il maudit l'homme qui l'avait si visiblement maltraitée.

— J'aurais dû…, commença-t-elle.

D'un index posé sur ses lèvres, il retint le « t'avertir », qui du coup ne les franchit pas.

— Non, dit-il calmement.

Assaillie par des sentiments contradictoires où dominaient la honte et la culpabilité, elle aurait voulu enfiler son pyjama, se glisser dans son lit et dormir. Sauf que ses pieds refusaient d'avancer.

— Je vais passer la nuit dans une autre chambre, proposa-t-elle.

— Non, répéta-t-il en lui effleurant la bouche du bout des doigts.

Comment pourrait-elle supporter de le sentir si proche alors qu'ils avaient été tout près de faire l'amour ? Elle se souvenait de la douceur de ses lèvres sur les siennes, du poids de ses mains sur son corps et de sa propre excitation à ce contact.

Jusqu'au moment où la panique l'avait submergée.

Comment avait-elle pu se comporter en vierge apeurée ? Elle en venait presque à regretter qu'il ne soit pas passé outre. Sa peur se serait peut-être alors dissipée, cette peur incontrôlable qu'avait ancrée en elle l'horrible dernière nuit passée entre les mains vicieuses de Seth…

Elle devait au moins à Loukas une explication. A moins qu'il n'en soit déjà lui-même arrivé à la bonne conclusion… Après avoir consulté de nombreux psychiatres et exploré tous les scénarios possibles, elle avait pourtant cru avoir vaincu cette peur des relations sexuelles qui la suivait depuis Seth. Sauf qu'elle ne s'était jamais confrontée à son hypothétique guérison, préférant mener une vie de célibataire et refuser les rendez-vous.

Pour la première fois, elle avait consenti à ce qu'un homme l'approche de nouveau ; et cela s'était terminé en désastre. Rien que d'y penser, elle se sentait honteuse et coupable au dernier degré.

Elle était toujours déterminée à aller de l'avant, mais vu la façon dont elle venait de réagir, à quoi bon ? Elle frissonna malgré la veste de Loukas et leva la main, avant de la laisser retomber en un geste maladroit.

— J'aurais besoin de…

De fuir ? D'échapper à la tension presque palpable qui emplissait la pièce ? Sans lever les yeux, elle se réfugia dans la salle de bains, dont elle referma la porte avec précaution. Puis elle ôta la veste qu'elle disposa sur une chaise.

En évitant de se regarder, elle se démaquilla, se brossa les dents un peu trop vigoureusement, se mit en pyjama et revint dans la chambre.

Qui était vide.

Soulagée, elle se glissa entre les draps du lit qu'elle avait occupé la veille et éteignit la lumière.

« Dormir », se dit-elle en fermant les yeux, pour tenter de chasser les images du présent et du passé, qui se mêlaient en une ronde folle.

6.

Loukas passa la main dans ses cheveux humides avant d'attraper une serviette. La douche avait un peu détendu ses muscles, sans pour autant dissiper la colère froide qui l'habitait, ni son désir d'anéantir l'homme dont les brutalités avaient terrorisé la femme qu'il venait d'épouser. Obtenir réparation ? Si Alesha s'était gardée d'engager des poursuites, c'était sans doute pour éviter la publicité.

Contrairement à ses habitudes, il enfila un bas de pyjama. Les femmes avec qui il couchait étaient plutôt à l'aise avec sa nudité, comme avec la leur d'ailleurs. Autrefois, il avait connu une Alesha ouverte et confiante, aventureuse même. Qu'avait pu lui faire son ex-mari — car il ne doutait pas que ce fut de lui dont il s'agissait — pour qu'elle se sente à ce point menacée par tout contact intime ? Viol ? Mauvais traitements ? Les deux ? A cette pensée, il serra convulsivement les poings.

Dimitri avait-il été au courant ?

En revenant dans la chambre, il coula un regard dans la pénombre vers la forme allongée dans le lit tout proche du sien. Etait-elle vraiment assoupie, ou cherchait-elle à donner le change ?

Il se glissa dans son propre lit, éteignit sa lampe de chevet et repassa dans sa tête tout ce qui s'était produit depuis leur retour du bal de charité. Elle l'avait embrassé comme un ange et avait réagi avec un indéniable plaisir à ses caresses. Jusqu'au moment où la panique l'avait prise et où elle lui avait échappé. Avec l'énergie du désespoir.

Il finit par s'endormir, mais fut soudain réveillé en sursaut par le bruit entêtant de l'alarme. En regardant par la fenêtre, il s'aperçut qu'au rez-de-chaussée, la porte vitrée donnant sur la terrasse semblait entrouverte. En scrutant la pénombre, il entrevit une forme assise sur un canapé de jardin. Alesha ? A côté de lui, le lit était vide. A sa montre, il était un peu plus de 3 heures.

Il enfila un jean et un T-shirt et se précipita dans le jardin. C'était bien sa femme, dont il prit le visage baigné de larmes entre ses mains pour la forcer à lever les yeux vers lui. A l'idée qu'elle était venue se cacher pour pleurer à son aise, il sentit son cœur se serrer. La fraîcheur de l'air nocturne le fit frissonner tandis qu'il s'asseyait à côté d'elle.

— Tu n'arrives pas à dormir ?

Elle hocha négativement la tête.

— Je ne voulais pas te réveiller.

— L'alarme a bipé quand tu as ouvert la porte extérieure.

A la faible lueur des éclairages lointains de la ville, que réfléchissaient les eaux sombres du port, il distinguait à peine les traits d'Alesha. Dans quelques heures, le ciel indigo s'éclaircirait lentement, offrant au jour naissant couleurs et substance.

— Comme la nature est paisible, murmura-t-elle d'une voix affaiblie par la fatigue.

Elle n'avait pas dormi du tout, mais ne se sentait pas le courage de bouger. Ni de faire la conversation. Le silence de la nuit et la solitude lui avaient fait l'effet d'un baume ; elle ne demandait qu'à fermer les yeux, à se laisser aller pour qu'ils apaisent la douleur qui irradiait tout son être. A condition d'être seule. Après seulement, elle pourrait dormir.

— Retourne te coucher, dit-elle tranquillement. Je vais très bien.

Loukas fronça les sourcils mais ne bougea pas.

— S'il te plaît, ajouta-t-elle.

— Pas question.

Dans ce cas, elle allait faire comme s'il n'était pas là, même s'il se révélait très difficile d'ignorer cette présence rayonnante d'énergie et de vitalité… Un mélange puissant, même au repos, et qui avait sur elle un pouvoir incroyable.

Elle se traita silencieusement de folle pour s'être mise dans un état pareil, alors qu'elle s'était mentalement conditionnée à faire l'amour avec lui. Désormais, le fossé entre eux risquait d'être infranchissable.

Elle aurait voulu lui demander de l'emmener jusqu'au lit pour lui faire l'amour, tout de suite. Mais quel homme aurait accepté après avoir subi un tel affront ? Comment lui expliquer que, malgré le désir qu'il lui inspirait, l'image de Seth était venue au dernier moment se substituer à la sienne ?

— Ton ex-mari t'a violée ?

La voix avait beau être très calme, elle sursauta et mit quelques instants à se ressaisir.

Loukas lui prit la main et la serra dans la sienne.

— Le sexe doit être consensuel, murmura-t-il, toujours. Pas une obligation, ni une punition.

A proximité de lui, dans la pénombre, elle se sentit brusquement en sécurité. Il avait le droit de savoir, même si elle était décidée à ne pas tout lui dire dans un premier temps.

— Seth avait beau jouer merveilleusement la comédie, contrairement à moi, mon père ne s'y était pas trompé et il s'est toujours opposé à ce mariage, chuchota-t-elle sans le regarder. Ça a commencé dès que nous avons été mariés : d'abord des insultes, parce que je ne voulais pas demander une augmentation de salaire. Par la suite, comme je refusais d'obtempérer à ses ordres, c'est devenu… plus rude.

— Il t'a frappée, articula Loukas, qui sentait la colère bouillonner en lui.

— Oui.

— Il est allé plus loin encore ?

— Oui, reconnut-elle, le cœur battant.

Loukas serra rageusement les poings. Il ne pouvait supporter qu'un homme lui ait fait du mal. Mais s'il le montrait trop vivement, elle allait immédiatement se réfugier derrière les défenses qu'elle avait construites pour se protéger. Il fallait absolument obtenir qu'elle lui fasse confiance. D'ici là, il n'aurait aucun mal à connaître la date de son premier mariage, et pourrait mener une enquête dans les hôpitaux. Il allait chercher tout ce qui avait pu se produire au cours de cette brève union, et la contraindre à lui livrer les détails qu'elle redoutait de partager. C'était le seul moyen de l'aider à résoudre son problème sexuel.

— Si cela ne t'ennuie pas trop, je préférerais que nous en restions là pour cette nuit, déclara-t-elle d'une voix calme.

Il acquiesça d'un hochement de tête, se demandant ce qu'elle attendait de lui pour l'heure. Le mieux, évidemment, aurait été de regagner leurs lits respectifs. Bientôt le ciel allait s'éclaircir et les oiseaux se mettre à chanter. Puis on entendrait les voitures des travailleurs les plus matinaux en route pour une nouvelle journée. Mais pour la majorité de la population, ce dimanche serait un jour de détente et de repos : plage, voile, activités culturelles ou sportives, rencontres amicales.

Alesha se frotta les yeux, irrités par le manque de sommeil. Plus tard, peut-être pourrait-elle appeler Lacey pour lui proposer de partager cette journée : un peu de shopping, des papotages à la terrasse d'un de leurs cafés favoris… Elle sourit à cette idée en tentant de combattre la fatigue qui l'envahissait.

Loukas observait d'un œil pensif les yeux d'Alesha, qui se fermaient peu à peu. Durant de longues minutes il contempla ensuite ses traits apaisés, écoutant sa respiration régulière. Puis il se leva et la souleva délicatement dans ses bras. Sans la réveiller, il monta l'escalier et la transporta dans leur chambre. L'odeur de ses cheveux mêlée à son parfum éveillait en lui un désir qu'il eut du mal à tempérer, et une émotion qu'il ne s'était pas attendu à ressentir… Lorsqu'il la déposa enfin sur le lit, elle émit un faible gémissement. Avec une extrême douceur, il l'attira à lui et se mit à lui caresser les cheveux, jusqu'à ce qu'il sente son corps mince se détendre dans son sommeil. Il aurait voulu la tenir ainsi toute la nuit, pour lui offrir un havre de sécurité et l'aider à apaiser ses peurs.

Alesha avait beau avoir milité pour de nombreuses causes par le passé, elle accordait un intérêt tout particulier à celle que soutenait la soirée où elle s'apprêtait à se rendre : apporter une aide à des enfants abusés par ceux qui auraient dû les aimer et les défendre. Des cas parfois si douloureux que le grand public ne pouvait les imaginer. Ce soir, cette détresse allait être exposée crûment de façon à toucher les invités et à les pousser à se montrer généreux.

Pour cette réception, elle avait choisi une robe noire, qui mettait en valeur sa silhouette et son teint délicat, avec pour tout bijou une simple chaîne en or et des boucles d'oreilles assorties. Des escarpins noirs complétaient cette tenue.

Les yeux à peine maquillés, les cheveux dénoués sur les épaules, elle dégustait une coupe de champagne au milieu de la foule des invités qu'avait attirés l'événement. Assis à côté d'elle, Loukas irradiait toujours autant ; un homme sophistiqué, urbain, très intelligent, voué au succès. Une image qu'il assumait avec aisance tant il paraissait bien dans sa peau.

Et cet homme lui appartenait. Enfin, pas réellement,

pas encore… Elle portait son nom, son alliance et elle l'aimait… beaucoup.

Elle leva les yeux au ciel, se houspillant intérieurement. Pourquoi ne pas reconnaître qu'elle le trouvait extrêmement séduisant. Sexy, même ? Une part d'elle-même brûlait de vivre et d'assumer les sentiments qu'il lui inspirait, et qu'elle avait rejetés d'instinct. Mais elle ne pouvait s'empêcher de mesurer ses moindres paroles, ses moindres actes, de crainte qu'ils ne soient mal interprétés. Au travail, à la maison, en société, elle avait appris à jouer son rôle de jeune mariée épanouie qui ne cachait pas sa joie d'avoir épousé l'un des hommes les plus convoités de la planète. Non, avec Loukas, elle n'était pas elle-même…

— A quoi penses-tu ?

Elle secoua la tête en souriant.

— Secret-défense !

Loukas eut une petite moue, et sa main, qui était posée sur la taille d'Alesha, remonta jusqu'à sa nuque. Malgré le trouble qui l'avait envahie, elle se força à soutenir son regard. Comme si elle flirtait avec lui. Mais compte tenu de la nature de leur relation, était-ce vraiment une bonne idée ?

Leur table était bien placée, la nourriture délectable et la conversation des autres convives plutôt agréable. Quant aux discours, ils furent si poignants que ses yeux s'embuèrent plusieurs fois. Personne n'aurait dû être victime de ce genre d'abus, à plus forte raison un enfant. Comme s'il avait deviné son chagrin, Loukas lui avait pris la main. En sentant la force silencieuse qui émanait de lui, elle avait été un peu rassérénée.

Le programme de la soirée comportait également un défilé de mode. Après avoir été présentés sur le podium, les modèles furent mis aux enchères au bénéfice de l'association qui organisait la soirée. L'une des robes avait plu à Alesha, un long fourreau de soie rouge élégamment drapé. En voyant Loukas enchérir pour une somme exorbitante, qui fit renoncer son dernier concurrent, elle ne put s'empêcher de chuchoter d'une voix scandalisée :

— Tu as perdu la tête ?

— C'est pour une bonne cause, répondit-il en lui effleurant des lèvres la tempe. Et cette robe t'ira à la perfection.

Un instant, elle crut voir tout disparaître autour d'elle sauf les yeux sombres rivés aux siens. Elle fut traversée par un frémissement d'une douceur et d'une violence extrêmes.

— Merci, répondit-elle en levant la tête pour l'embrasser sur la joue.

Mais il tourna vivement la tête et leurs lèvres se frôlèrent. Ce baiser léger devint soudain plus appuyé, jusqu'à ce que Loukas l'interrompe.

Elle sentit son visage s'empourprer tandis que, d'une caresse légère, il lui effleurait la joue avant de la prendre par la taille. Soudain, une voix féminine s'éleva juste à côté d'eux :

— Alesha chérie, quel plaisir de te voir si épanouie dans ton nouveau mariage !

En s'efforçant de sourire, elle tourna la tête vers la femme qui venait de la féliciter. En découvrant son visage, son cœur faillit s'arrêter de battre.

Nicolette de Silva manquait tellement de tact que même ses amis reconnaissaient qu'elle devrait tourner sept fois la langue dans sa bouche avant de prononcer le moindre mot.

— Sa courte union avec ce monstre a été un vrai désastre, confia la nouvelle venue à Loukas. Mais naturellement, vous êtes au courant.

— Naturellement, répondit-il sur un ton qui aurait découragé la plupart des gens.

— Il y a eu des rumeurs, reprit cependant Nicolette, des rumeurs très particulières… Je crois que Seth Armitage a tenté de vendre aux médias sa version de l'histoire, mais en définitive, rien n'en a percé.

Les poings d'Alesha se crispèrent sur la table, mais Loukas posa sur la sienne une main apaisante — ce qui la déstabilisa davantage encore. Elle se croyait pourtant immunisée contre ce genre de ragots, après trois ans d'insinuations et de questions auxquelles elle avait toujours refusé de répondre… Sans parler des fausses marques de sympathie destinées à lui arracher les informations qu'elle ne voulait pas donner.

— Ressasser ces vieilles histoires manque totalement d'intérêt, répondit-elle calmement.

— Désolée, répondit Nicolette. Je regrette de t'avoir contrariée.

Le pire étant qu'elle était sincère, Alesha le savait. Nicolette ne pensait pas à mal, elle était seulement terriblement maladroite.

— J'accepte tes excuses.

— Passe une bonne soirée.

— Nous nous y employons.

— Le rouge de cette robe devrait t'aller magnifiquement.

— Merci, conclut Alesha.

Nicolette s'éloigna, et Alesha, bien décidée à ne pas rester sur cet échange embarrassant, se tourna vers sa voisine de table :

— Effectivement, cette robe me semble superbe.

— Elle l'est ! Et grâce à ces enchères, cette soirée sera sûrement un succès.

— Je l'espère.

— Je vous présente mes condoléances pour la mort de votre père. C'était un homme merveilleux.

Il était facile d'acquiescer. Alesha se tourna ensuite vers Loukas en souriant :

— Veux-tu un café, mon chéri ? Les serveurs sont en train de le servir.

Loukas lui rendit son sourire. Comme elle était changeante ! Pleine d'assurance quand il le fallait, et pourtant, si vulnérable… Etait-il le seul à avoir remarqué la fragilité dissimulée sous cette brillante et solide façade ?

Il était presque minuit quand la fête prit fin. Les invités commencèrent à regagner le hall en échangeant des salutations, des invitations et des promesses de se revoir. Avec une précision militaire, le concierge faisait avancer les voitures et quand l'Aston Martin apparut devant l'entrée de l'hôtel, Alesha se sentit soulagée. Elle allait enfin pouvoir rentrer chez elle, pas vraiment chez elle, bien sûr, mais ce soir, la maison qu'elle partageait avec Loukas lui semblerait presque accueillante. Et puis elle se réjouissait à l'idée de se déshabiller et de se glisser entre les draps. Si elle avait été seule dans son appartement, elle aurait regardé une comédie légère en DVD jusqu'à ce que la fatigue la force à se coucher.

Mais elle ne vivait plus seule désormais…

Une part d'elle-même avait envie de céder à la séduction de son mari, envie de se laisser aller contre lui et de sentir sur tout son corps la caresse de ses lèvres. De faire l'expérience d'un plaisir sans cruauté, qu'aucune angoisse ne viendrait troubler.

Qu'attendait-elle donc ? L'amour ? Mais dans le monde réel, ce genre de sentiment avait une durée de vie extrêmement limitée. Un amour qui bouleverserait son existence et durerait toujours. Un homme et une femme vivant l'un pour l'autre, dans la passion la plus absolue… Quel mirage !

Un rire monta de sa gorge, et s'éteignit sur ses lèvres. Elle était devenue cynique ? Et elle savait précisément quand ce changement s'était opéré, à la minute près.

La voiture prit la direction de Point Piper. Au moment où elle atteignait la grille monumentale, celle-ci s'ouvrit et l'allée s'illumina.

En montant l'escalier vers la chambre, Alesha sentit enfin son corps se détendre. Mais quand elle se retrouva seule avec Loukas et qu'elle le vit enlever sa veste et desserrer sa cravate, elle tenta de se concentrer sur ses propres mouvements pour ne pas être perturbée. Les escarpins d'abord, puis les bijoux…

Sans le regarder, elle perçut le choc de ses chaussures sur le tapis quand il les enleva, puis le bruit de la fermeture Eclair de son pantalon et le bruissement du tissu. L'image de sa haute silhouette presque nue surgit dans son imagination, avec ses larges épaules qui faisaient ressortir la minceur de sa taille et sa musculature superbe.

Y aurait-il un jour où elle se sentirait suffisamment en confiance pour désirer le séduire ? Où elle oserait explorer ce corps pour lui arracher des gémissements de plaisir ? Pour se tourner vers lui dans l'obscurité et se laisser mener en toute liberté vers la volupté ?

Elle tenta de respirer profondément. Il fallait absolument en rester là. Pour le moment du moins… Enlever sa robe, passer un pyjama, aller dans la salle de bains, se démaquiller, s'attacher les cheveux et se mettre au lit.

En revenant, elle trouva Loukas confortablement allongé entre les draps, les mains croisées derrière la tête.

— Bonne nuit, murmura-t-elle d'une voix étranglée en se couchant.

Elle éteignit la lumière.

— Dors bien, fit-il d'une voix douce.

Comme si ça pouvait être le cas…

A moins qu'elle réussisse à rester parfaitement tranquille et à ne penser qu'à des choses agréables.

Mais déjà, des images tournoyaient dans sa tête, comme un kaléidoscope coloré où le visage de Seth apparaissait en noir et blanc.

« Va-t'en ! » lui ordonna-t-elle. Mais cette prière silencieuse restait sans effet. Elle comprit que si elle s'abandonnait au sommeil, cette image reviendrait la hanter toute la nuit, comme trop souvent. Il fallait qu'elle s'en débarrasse.

Se glisser hors de son lit pour aller rejoindre Loukas ?

Elle n'en avait pas le courage. Et s'il finissait par la rejeter, ou par lui préférer une de ses anciennes liaisons ?

Alesha cherchait à s'échapper en pleurant, tandis qu'une nuée de coups s'abattait sur son visage et qu'une voix masculine criait son nom. Soudain la lumière inonda la pièce, mais ce n'était pas la même que dans son rêve et l'homme penché sur elle n'était pas Seth. Dans ses yeux sombres se lisait une réelle inquiétude Et une vraie compassion.

Loukas leva la main pour caresser la joue d'Alesha et vit dans ses yeux une soudaine lueur d'angoisse. Ravalant le juron qui lui montait aux lèvres, il la prit par le menton et posa un doigt sur ses lèvres.

— Je t'en prie…, murmura-t-elle.

Lorsqu'il l'attira à lui, elle eut un mouvement de recul. Sa peau était tiède contre sa joue. Il la berça doucement en lui caressant la tête. C'était tellement agréable… Il émanait de lui un léger parfum de savon et d'eau de toilette, auquel se mêlaient des effluves plus musqués.

Tandis qu'une main apaisante glissait le long de son dos, elle sentit sa respiration se calmer. Elle n'avait plus envie de bouger mais, d'instinct, elle noua ses mains derrière le cou de Loukas. De ses lèvres, il lui effleura la joue avant de descendre vers son oreille et la base de son cou, où il s'attarda longuement.

Puis il introduisit doucement sa main libre sous son haut de pyjama pour lui caresser les seins. Il en agaça les extrémités jusqu'à ce qu'elles se raidissent. Lorsqu'il se mit à l'embrasser plus profondément, en lui mordillant la lèvre, elle se cabra entre ses bras et se plaqua contre lui.

Doucement, il fit glisser le tissu et, constatant qu'elle ne résistait plus, il le lui ôta complètement.

— Comme tu es belle, déclara-t-il en soulevant ses seins dans ses paumes.

Puis il les lécha doucement. Elle poussa un gémissement de plaisir et se mit à l'explorer à son tour, caressant ses épaules et les muscles de ses avant-bras, laissant errer ses doigts sur son ventre et sur son torse. Puis elle mordilla ses mamelons avant de laisser glisser ses lèvres vers son nombril. N'y tenant plus, Loukas la renversa sur le lit pour l'embrasser passionnément sur la bouche.

Leurs langues se nouèrent, avec une douceur qui la submergea. Toute notion de temps et de lieu abolie, seul comptait cet homme. Quand il s'écarta d'elle, elle poussa un gémissement de protestation. Il releva la tête et chercha ses yeux.

Submergée par un flot d'émotions incontrôlables, incapable de s'arracher à ce regard, elle se sentait comme prisonnière de ce corps brûlant et de la passion dévorante, irrépressible et primitive qui l'habitait à cet instant.

— A toi de décider de la suite, murmura-t-il sans la quitter des yeux.

7.

Il aurait donc été capable d'en rester là pour peu qu'elle le lui demande… Comment était-ce possible ?

— Continue, je t'en prie.

Son instinct avait parlé avant sa raison, murmure à peine audible dans le calme de la nuit.

Les yeux de Loukas étaient si sombres ! Quand il posa le doigt sur ses lèvres, elle eut l'impression de se perdre dans leurs profondeurs insondables.

— Tu es certaine ?

— Oui.

Pour le lui prouver, elle lui tendit sa bouche. Ce baiser lui fit tout oublier, sauf la présence de Loukas, le désir qui la dévorait et la certitude qu'elle n'en resterait pas là.

Délicatement, il lui ôta son bas de pyjama, en prenant son temps et sans cesser de la caresser. Puis il lui prit une cheville et effleura de ses lèvres la plante de ses pieds.

Il remonta lentement, le long de sa jambe, puis de sa hanche, pour faire monter la tension, mettre à nu la passion qui l'habitait, jusqu'à lui couper le souffle et la faire soupirer de plaisir quand il lui effleura la poitrine ou posa sa bouche au creux de son cou.

Quand il glissa enfin la main entre ses cuisses, Alesha se cambra contre lui et ne put empêcher ses ongles de se crisper sur ses épaules viriles.

Une fois qu'il fut nu devant elle, elle fut saisie d'une crainte fugitive à la vue de son sexe dressé. Elle le saisit à pleine main pour faire disparaître cette appréhension, qui disparut tout à fait lorsqu'elle sentit la bouche de Loukas se poser sur la sienne, lui arrachant un gémissement de plaisir.

Ses lèvres s'attardèrent sur sa gorge, avant de descendre lentement vers son nombril, qu'il explora de sa langue. Elles poursuivirent leur chemin, jusqu'à se glisser en douceur jusqu'à la ravine qui abritait…

Ce fut comme une décharge électrique !

La langue de Loukas jouait avec le centre de son plaisir, qu'il agaçait par ses changements de rythme incessants. Elle laissa échapper un bref sanglot et se raidit convulsivement ; mais, par de savantes caresses, son amant la conduisit au comble de l'extase. Des larmes de joie roulèrent alors sur ses joues, des larmes que Loukas essuya tendrement, du bout des doigts.

Incapable d'articuler un mot, elle lui prit le visage entre ses mains pour chercher sa bouche dans un baiser plein de gratitude.

Comme il s'allongeait au-dessus d'elle, Alesha lui fit signe d'éteindre la lampe. Il refusa d'un hochement de tête.

— Loukas…

— Ouvre les yeux. Je veux que tu me voies, que tu saches bien qui je suis, et combien de plaisir je peux te donner.

— S'il te plaît…

— Fais-moi confiance, *agapè mou,* chuchota-t-il en se glissant en elle avec une infinie douceur.

Il ne bougeait pas, comme pour qu'elle se familiarise avec cette sensation.

Elle sentit son pouls s'accélérer tandis que, graduellement, ses hanches commençaient à bouger en rythme. Elle le sentait si profondément ancré en elle que tout son corps lui parut reprendre vie. Sa peau, sa chair, ses nerfs communiquaient avec son âme dans une étonnante magie, sensuelle et primitive.

Incapable de trouver les mots pour le remercier, elle leva vers sa joue une main tremblante et lui effleura les lèvres. Sans la lâcher, Loukas se mit sur le dos et l'assit au-dessus de lui, contemplant ses joues rosies par le plaisir, la lueur de volupté qui éclairait ses yeux bruns et sa bouche entrouverte, gonflée par les baisers.

Alesha haletait. Lorsqu'il la prit par la taille, elle sentit son sexe se dresser en elle dans un élan qui l'embrasa entièrement. Sans se quitter du regard, ils se remirent à bouger, dans une chevauchée qui déclencha au plus profond d'elle-même d'incroyables pulsations de volupté.

Ensuite, alangui, le regard flou, il attira à lui son corps tremblant. Il lui baisa la tempe en murmurant des mots qu'elle ne put comprendre.

Alesha nicha sa tête au creux de son épaule et elle resta longtemps ainsi, trop émue pour esquisser le moindre geste.

Elle avait dû s'endormir, car elle s'étonna soudain de sentir un corps tiède contre le sien et un bras autour de sa taille. Convulsivement, tout son corps se raidit alors de terreur. Ouvrant les yeux, elle reconnut le lit, la chambre et l'homme qui la tenait dans ses bras. Elle se força à respirer calmement et resta immobile tandis que les événements de la nuit défilaient dans sa mémoire.

— Regarde-moi, lui dit doucement Loukas.

Elle lui obéit et il plongea son regard dans le sien.

— Qu'attends-tu de moi ? demanda-t-elle.

— Ce que tu voudras bien me donner.

Ce n'était pas la réponse qu'elle avait imaginée…

— La nuit dernière…, commença-t-elle.

— A été merveilleuse, coupa-t-il, heureux de la voir rosir.

Comment aurait-il réagi en apprenant qu'avant cette

nuit, jamais elle n'avait connu l'orgasme ? Aurait-elle dû le remercier de l'avoir si facilement libérée du maléfice qui la rendait insensible ?

Le jour filtrait déjà entre les volets. Alesha frissonna en sentant la main de Loukas caresser son ventre nu. Il s'attarda sur une petite aspérité au niveau des côtes, puis sur une seconde. Elle poussa un gémissement sourd, mais il était trop tard pour l'empêcher de repousser les draps.

— C'est donc ça ! Il m'avait bien semblé les sentir hier mais dans le feu de l'action, je n'y ai pas prêté attention. Il y en a d'autres ?

Sa voix était dangereusement calme. Tandis qu'il observait les cicatrices qui zébraient sa peau, elle sentit la colère qu'elle avait tenté d'étouffer la prendre à la gorge et elle se mit à trembler comme une feuille.

— Laisse-moi partir.

— Pas question !

Seul son père avait su qu'elle avait fait venir un avocat sur son lit d'hôpital pour entamer une procédure de divorce. Et payé Seth pour qu'il sorte de sa vie et qu'elle puisse se reconstruire.

— Tu veux que je reconnaisse que je me suis comportée comme une aveugle, comme une folle, au lieu d'écouter mes parents ? J'aurais dû comprendre plus vite qu'il n'en voulait qu'à mon argent et n'avait cessé de jouer la comédie.

Loukas la prit dans ses bras et la serra contre lui, brûlant de colère contre l'homme qui lui avait fait tant de mal. Imaginer qu'elle avait été victime d'un tel monstre suffisait à l'anéantir.

— Ne... ne t'en fais pas, d'accord ?

Elle avait senti les muscles le Loukas se contracter comme sous l'effet d'une rage rentrée. Dans le même temps, elle comprit qu'il avait réveillé en elle une émotion qu'elle croyait morte : un rêve impossible de bonheur. Mais elle avait déjà donné son cœur une fois, et son amour avait été foulé aux pieds. Jamais elle ne pourrait recommencer.

Et cependant, c'était si bon de se blottir contre ce corps tiède et de sentir ce cœur battre régulièrement, calmement, contre sa peau si vulnérable. Ses bras lui offraient leur refuge et, comme on était dimanche, elle n'aurait même pas besoin de se lever pour aller travailler.

Alesha passa la matinée dans son appartement à faire du tri, du rangement et à s'occuper de son courrier. Elle avait téléphoné à Lacey pour lui proposer de passer l'après-midi à Darling Harbour.

Comme il faisait plutôt frais, avec un risque d'averses, elle choisit un jean, un T-shirt, une veste longue en maille ceinturée sur les hanches et des bottes.

Elle eut la chance de trouver à se garer près du lieu où elle avait donné rendez-vous à son amie. Après avoir échangé une étreinte chaleureuse, elles s'installèrent dans un café.

— Alors, raconte…

— Qu'y a-t-il à dire ?

— C'est moi, Lacey, ta meilleure amie, tu te souviens ? J'ai envie que tu sois heureuse. C'est le cas ?

Alesha savait qu'il serait inutile de biaiser : Lacey lisait en elle comme dans un livre ouvert.

— Il est encore un peu tôt pour le dire.

— Sans doute, mais cela te semble bien parti ?

— Parlons plutôt de toi, proposa Alesha.

Amies de longue date, elles savaient toutes deux d'instinct quand il valait mieux passer à un autre sujet. Lacey n'insista pas.

— Il n'y a pas grand-chose à dire.

— John ? Le travail ?

— Il parle mariage, maison en banlieue et bébé.

— Mais pas toi ?

— Je le connais depuis toujours et on s'entend bien. Mais moi, j'ai envie d'autre chose. Ce genre de vie plan-plan, j'y songerai dans vingt ans, pas maintenant.

— Essaie d'y ajouter un grain de folie.

— J'ai essayé, mais ça n'a pas vraiment marché. Jamais tu n'imagineras ce que j'ai fait…

— J'ai presque peur de te le demander.

Lacey se pencha vers elle pour lui faire ses confidences et, quelques minutes plus tard, Alesha ne savait plus si elle devait en rire ou lever les yeux au ciel.

Après quoi, elles entrèrent dans diverses boutiques où se pressait une foule bigarrée et éclectique : des bobos très élégantes, des jeunes gens tout de noir vêtus, des touristes, et même une star du petit écran avec femme et enfants.

Lorsque Alesha reprit la route de Point Piper, en fin d'après-midi, la nuit commençait à tomber. En garant sa voiture, elle sentit son cœur battre plus vite. L'Aston Martin de Loukas était stationnée à sa place habituelle. Elle monta directement à la chambre, où elle le trouva en train de se déshabiller.

Sous sa peau mate, les muscles jouaient avec la souplesse et l'élégance que confère une parfaite forme physique. Au souvenir de la nuit précédente, elle fut envahie par une onde de désir brûlant. Cette bouche, ces mains l'avaient caressée, ce sexe lui avait donné du plaisir… Elle se rappela la volupté qu'elle avait ressentie tandis qu'il se mouvait en elle sans hâte, avant qu'elle s'effondre entre ses bras. Elle faillit se précipiter vers lui…

A ce moment précis, il se retourna et lui sourit.

— Comment s'est passé ton après-midi avec Lacey ?

— Très bien. Nous sommes allées à Darling Harbour, répondit-elle en l'observant tandis qu'il se déshabillait.

Son impertinente petite voix intérieure lui susurra qu'il eût été dommage de rater un pareil spectacle.

Furieuse de l'avoir écoutée, elle détourna le regard, ôta ses bottes, sa ceinture et déboutonna sa veste. Quelques instants plus tard, elle était sous la douche. Sous la mousse du savon, sa peau lui semblait changée, comme plus vivante, et chaque mouvement qu'elle faisait lui rappelait les caresses de Loukas. En fermant les yeux, elle aurait presque cru qu'il était là en personne.

Il lui avait donc suffi de passer la nuit avec lui pour l'avoir sans répit présent à l'esprit. Pauvre petite fille influençable… En poussant un soupir de dépit, elle coupa l'eau et attrapa un drap de bain.

Son conflit intérieur ne lui laissait aucun répit. Elle ne pouvait jouir du présent avec Loukas à cause de son passé, ce passé qu'elle aurait tant voulu oublier ; Loukas pouvait l'y aider mais elle ne parvenait pas à se laisser aller, justement à cause de son passé. Elle était entraînée dans un cercle vicieux, dont elle ne parvenait pas à sortir.

Avec Loukas, le sexe s'était révélé un vrai miracle. Sauf que ce n'était pas seulement du sexe, mais une forme d'intimité totale dont elle n'avait jamais fait l'expérience auparavant. A ce souvenir, une sensation aiguë de volupté lui vrilla la moelle.

Reprendre ses esprits. Se concentrer sur des choses concrètes, matérielles. S'habiller, rejoindre Loukas pour dîner, bavarder agréablement, et s'échapper au premier prétexte en disant qu'elle devait se coucher de bonne heure.

Mais peut-être allait-il prendre cette excuse comme une invitation à venir la rejoindre au lit ? Dans ce cas, passer la soirée sur son portable, travailler, répondre à ses courriels. Agir, en un mot. Ça, elle savait faire !

Elle mangeait de bon appétit. La finesse des mets préparés par Eloïse n'y était pas pour rien. En reposant sa fourchette et son couteau dans son assiette vide, elle croisa le regard de Loukas.

Avait-il deviné le combat intérieur qui la rongeait ? Peut-être. Elle le pressentait bien trop intelligent pour espérer pouvoir lui masquer ses états d'âme. Pourquoi était-elle si sensible à sa simple présence ? Comme s'il se mouvait encore en elle, comme si les vagues de plaisir déferlaient de nouveau sur tous ses sens. Décidément, elle était en train de perdre la tête. Pour de bon…

A la fin du repas, Alesha se leva sous prétexte de travailler. Loukas la suivit des yeux d'un air pensif tandis qu'elle quittait la pièce du pas hésitant d'une chatte sur un toit brûlant.

Malgré son envie, il s'abstint de la suivre et se resservit une tasse de café, qu'il emmena dans son bureau d'où il devait participer à une conférence téléphonique avec la filiale d'Athènes. Peut-être lui faudrait-il aller là-bas en personne pour régler certains problèmes.

Il était tard quand Alesha ferma son ordinateur. Elle se dirigea vers leur chambre, qu'elle trouva vide.

Elle se prépara pour la nuit et resta un moment perplexe : devait-elle se coucher dans le lit de Loukas ou dans le sien ?

Elle aurait bien aimé se blottir dans ses bras et s'abandonner au réconfort et au plaisir qu'il savait si bien lui apporter. Mais d'un autre côté…

— Dans ce lit ou dans l'autre, dit Loukas, interrompant le fil de ses pensées, de toute façon, nous allons dormir ensemble.

Il l'observait depuis le pas de la porte, un sourire aux lèvres.

— Et si je refuse ?

— J'ai dit « dormir », répondit-il en ôtant son T-shirt et son pantalon.

Tandis qu'il se dirigeait vers sa salle de bains, Alesha se

glissa dans son lit. Au moment où Loukas vint s'allonger à côté d'elle, elle faisait semblant de dormir.

— Dors bien, *agapè mou*, chuchota-t-il avec une trace d'amusement dans la voix.

Elle s'abstint de lui répondre et, au rythme de sa respiration, comprit au bout de quelques minutes qu'il s'était endormi. Quelle chance il avait…

Sans doute avait-elle fini par succomber à la fatigue elle aussi car elle se réveilla à l'aube, en sentant la présence d'un corps masculin tout contre le sien. Loukas avait dû bouger pendant la nuit ; à moins que ce ne fût elle…

Peu importait, mais il lui fallait essayer de se dégager sans le réveiller. Une gageure, dans la mesure où le bras de son mari pesait de tout son poids sur sa taille. Cette sensation n'était d'ailleurs pas désagréable.

Alesha étouffa un ricanement. Pas désagréable ? En fait, elle se sentait si bien, tellement en sécurité, qu'une part d'elle-même n'aurait pas demandé mieux que de rester ainsi pelotonnée contre lui. De l'effleurer du bout des doigts pour le voir reprendre peu à peu conscience, se réveiller et lui sourire de ses lèvres sensuelles et de ses yeux noirs. Posant sa bouche sur la sienne, il aurait commencé à lui faire l'amour dans la lumière grise de l'aube.

Elle secoua doucement la tête : que lui arrivait-il donc ? Etre dans ses bras était une chose et le sexe une autre, qu'elle ne se sentait pas encore assez armée pour affronter. Mais puisqu'il dormait encore, elle avait bien le droit de rêver.

— J'ai l'impression de t'entendre, tellement tu penses fort.

Alesha se tourna vers Loukas, surprise. Il l'observait de ses yeux pétillants.

— Dans ce cas, tu dois savoir que je voudrais quitter ce lit.

— Je ne peux pas te persuader de rester ? proposa-t-il avec un petit rire.

— Non.

Il souleva le bras et se mit sur le dos, pour le plaisir de la voir traverser la pièce. Une belle jeune femme, *sa* femme, qui commençait à revivre et réagissait entre ses bras, en dépit de ses inhibitions.

Il aurait voulu écraser le monstre qui s'était délibérément montré si cruel à son égard. Sauf qu'il existait un moyen plus subtil de le châtier.

Un moyen que sa fortune et son influence lui permettaient de mettre en œuvre…

8.

La circulation à l'heure de pointe était plus difficile encore que les autres jours, et Alesha se maudit d'avoir refusé de quitter le travail un peu plus tôt, comme le lui avait proposé Loukas. La journée avait été un vrai désastre : son portable avait refusé de démarrer, son assistante était de nouveau malade, tout s'était enchaîné, y compris la tasse de café renversée sur ses dossiers.

Pire : sur le chemin du retour, elle avait crevé et, bien sûr, sa roue de secours était à plat. Il lui avait fallu trouver un taxi d'où, coincée dans les embouteillages, elle ruminait sa déveine.

— Ne dis rien, avait-elle lancé à Loukas, qui arriva au moment où elle payait le taxi.

Il avait observé avec attention son visage pâle et ses traits tirés avant de la prendre par le menton.

— Tu n'as pas eu d'accident ?

— Non, avait-elle répondu, avant de lui raconter d'une traite ce qui lui était arrivé.

— Tu aurais dû m'appeler.

Alesha ouvrit de grands yeux. Cela ne lui était même pas venu à l'esprit.

— Pourquoi ? Je peux me débrouiller toute seule.

— La prochaine fois, appelle-moi, avait-il insisté en effleurant ses lèvres du bout du doigt.

Elle savait qu'il jouait un rôle. Aucun homme à part

son père ne s'était jamais soucié assez d'elle pour vouloir s'assurer qu'elle se trouvait en sécurité.

— D'accord. Je te promets de le faire.

Comme il la serrait de trop près pour qu'elle se sente à l'aise, elle s'était hâtée d'entrer dans la maison et avait couru au premier étage. A peine arrivée dans la chambre, elle s'était déshabillée ; une fois sous la douche, elle avait longuement laissé l'eau chaude ruisseler sur son corps. Soudain, la porte de verre coulissa.

Sans réussir à dissimuler sa surprise, Alesha leva inconsciemment les mains pour tenter de dissimuler sa nudité.

— Délicieuse pudeur…, déclara-t-il en commençant à lui savonner le bras.

— Que fais-tu ? s'indigna-t-elle d'une voix étranglée.

— Je partage ta douche, dit-il en la faisant pivoter pour s'attaquer à son dos et à ses mollets.

— Cesse immédiatement !

Sans obéir le moins du monde, il lui savonna les seins, avant de glisser les mains vers sa taille, et entre ses cuisses.

En sentant ses doigts effleurer son sexe, elle se raidit et tenta de lui frapper le torse de ses poings fermés. Mais il réussit à esquiver l'attaque et, plongeant son regard sombre et brûlant dans le sien, il lui baisa le poignet. Toute velléité de résistancc abandonna alors Alesha.

Loukas la saisit par les épaules et commença à la masser doucement. Elle ne put retenir un soupir de bien-être en sentant ses mains puissantes descendre le long de son dos, puis remonter, et prolonger ce massage jusqu'à ce que ses muscles soient complètement détendus. Ensuite, il lui massa le crâne. Les yeux fermés, elle s'était depuis longtemps totalement abandonnée au bien-être qu'il lui procurait. Lorsqu'il eut rincé son corps, elle se passa les mains sur le visage pour en chasser l'eau ruisselante.

— Ça va mieux ? demanda-t-il.

— Beaucoup mieux, reconnut-elle. Merci.

Le stress de la journée avait disparu avec les tensions de son cou et de ses épaules. Mais il fallait qu'elle quitte au plus tôt cette douche, et la proximité de cet homme nu qui la serrait de trop près, déchaînant ses instincts les plus primitifs.

Alesha serra les poings : pourvu qu'il n'en ait pas conscience ! Après Seth, elle s'était juré qu'aucun homme ne prendrait plus sur elle pareil ascendant. Et pourtant, Loukas possédait un magnétisme capable de réduire en cendres les plus farouches de ses résolutions.

Et si elle se laissait aller ? Si elle se sentait suffisamment en sécurité pour prendre l'initiative, l'entraîner au septième ciel ? Partager avec lui ce plaisir mutuel qui est le privilège de deux âmes entièrement vouées l'une à l'autre ? Cela la libérerait totalement. Mais il était trop tôt…

Loukas plissa les yeux. Il avait suivi les pensées d'Alesha, étape par étape, s'étonnant, sans en rien montrer, de lire si facilement sur son visage. Il eut soudain envie de la soulever dans ses bras et de lui faire l'amour sous la douche. Il l'aurait pu, mais voulait obtenir davantage qu'un simple consentement à une petite séance de sexe. Si revigorante que lui parût cette perspective, Alesha risquait de ne pas avoir la même perception que lui, et il ne voulait surtout pas la brusquer mais au contraire respecter ses fêlures. Il avançait en terrain miné et devait avant tout obtenir sa confiance. Cela demanderait du temps, de la patience et des attentions.

— Il faut que je sorte, déclara-t-elle soudain d'une voix rauque.

— Tu aurais pu au moins me rendre la pareille.

Alesha s'immobilisa, bouche bée. Le savonner ?

— C'est très facile, tu verras, déclara Loukas en lui tendant le savon.

, mais au lieu de lui lâcher la main, il la guida vers son torse.

Pendant qu'elle se laissait guider, elle constata que patiemment, petit à petit, il avait réussi à repousser les limites qu'elle avait fixées à leur mariage ; et ses propres réactions étaient pour le moins ambivalentes : elle avait beau aspirer à sa tendresse, pour ne pas dire plus, quelque chose en elle s'y refusait encore.

Elle se raidit douloureusement au souvenir des violences physiques et verbales que lui avait fait subir Seth. Mais entre lui et Loukas, il n'y avait pas de comparaison possible. Elle ne devait plus penser à ces horreurs, mais se focaliser sur le moment présent, se laisser aller au plaisir de caresser ce corps si viril. Sans pouvoir dissimuler son admiration, elle observa ses muscles superbes, sculptés par l'exercice physique. Sa taille mince, ses hanches étroites, son sexe à demi dressé... Il n'allait pas quand même exiger qu'elle le savonne à cet endroit... Et pourtant si, au grand embarras d'Alesha. Il lui lâcha ensuite la main pour se retourner et lui présenter son dos.

Un instant, elle fut tentée d'abandonner le savon et de s'enfuir ; mais elle continua sa tâche, fascinée par la beauté et la fermeté de ses fesses. Quand il se tourna de nouveau, Alesha sentit son visage s'empourprer en découvrant la puissance de son érection. Elle s'efforça de calmer sa respiration : n'était-ce pas la réaction normale d'un homme en pleine possession de ses moyens ? D'ailleurs, quand il l'avait savonnée, cela avait provoqué en elle un effet très similaire.

Cependant, il fallait absolument qu'elle s'éloigne.

— Je suis certaine que tu peux terminer tout seul, lança-t-elle en sortant de la douche.

Lorsqu'il revint dans la chambre, elle s'était habillée. Dans un miroir, elle aperçut sa silhouette ceinte d'une serviette blanche nouée aux hanches, qui faisait ressortir sa peau mate. Son pouls s'accéléra en le voyant se dénuder pour enfiler son caleçon.

— Je vais m'occuper du dîner avec Eloïse, déclara-t-elle.

Durant le repas, ils discutèrent aimablement et de façon très détendue. Loukas déclara qu'il devait retourner quelques jours à Athènes.

— Pour affaires, compléta-t-il.

— Combien de temps exactement seras-tu absent ?

— Serons-*nous* absents, corrigea-t-il.

— Tu veux que je vienne avec toi ?

— Ce sera l'occasion de refaire connaissance avec ma famille en Grèce.

Alesha avait déjà rencontré ses parents et sa jeune sœur durant un voyage en Grèce où elle accompagnait ses parents. Elle avait vingt ans et, brillante étudiante, était pleine de vie et désireuse de se lancer au plus vite dans sa carrière au sein de Karsouli. Et voilà qu'elle était devenue la femme de Loukas, et son associée dans l'entreprise familiale ! Evidemment, la famille de son mari ne devait rien ignorer des raisons de ce mariage. Elle n'avait aucune raison de refuser de l'accompagner là-bas…

— Nous partirons demain soir.

Alesha ne s'étonna même pas de la soudaineté de ce voyage. Elle commençait à connaître Loukas. En cette saison le climat d'Athènes ne devait pas être très différent de celui de Sydney : automne ici, printemps là-bas. Et puis, elle avait envie de mieux connaître la ville, même si elle n'était pas pressée de jouer à la jeune mariée sous le regard évaluateur des Andreou.

— Je vais ranger les assiettes dans le lave-vaisselle.

Loukas la rejoignit pour préparer le café. Il remplit deux tasses, les posa sur le comptoir et contempla sa femme d'un œil songeur.

— Nous séjournerons dans ma maison de Kifissia, puis nous irons passer quelques jours sur notre île.

Alesha hocha la tête. Mais avait-elle le choix ? Son mot à dire ?

— Inutile de charger tes valises : je suis certain que ma mère et ma sœur ne manqueront pas d'organiser une expédition shopping.

Il saisit sa tasse et se dirigea vers la porte.

— Je vais aller travailler un petit moment dans mon bureau.

Après avoir passé la journée au travail, Alesha fit ses bagages à toute vitesse, sans se donner le loisir de réfléchir — ce qui valait peut-être mieux d'ailleurs.

— C'est tout ce que tu emportes ? s'étonna-t-elle en voyant la taille réduite du sac de Loukas.

— J'ai tout ce qu'il me faut dans chacune de mes maisons.

— Tu mènes une vie de rêve.

Alesha s'en voulut pour son ton ironique. A y bien réfléchir, il passait de longues heures au bureau et abattait en une journée autant de travail que d'autres en une semaine. Mais tout semblait tellement facile pour lui…

Il la prit par la nuque et posa sur ses lèvres un baiser léger, qui suffit cependant à lui couper le souffle.

— Détends-toi.

Comme si c'était possible, alors qu'à son contact elle ne pouvait s'empêcher de trembler de tout son être ! Un impossible éden s'offrait à sa vue, mais hors de portée. Elle ne savait pas ce qu'il éprouvait pour elle, ignorait ce qu'elle s'autorisait à éprouver pour lui et avait l'impression d'être constamment dépassée par la situation. Non, vraiment, même avec la meilleure volonté du monde elle ne parvenait pas à être détendue !

— On y va, dit-elle en prenant son sac à main.

Un jet de location les attendait à l'aéroport de Sydney.

Une fois installé, Loukas alluma son ordinateur portable ; Alesha en fit de même, non sans apprécier l'équipement de l'appareil, qui offrait tout le nécessaire pour travailler avec efficacité. Durant le vol, ils firent quelques pauses pour manger, se reposer ou bavarder.

Il était stimulant de pouvoir discuter en tête à tête de Karsouli Entreprises, et Alesha en profita pour présenter à Loukas quelques propositions concernant l'avenir du groupe, qu'elle avait déjà soumises à son père mais qu'il avait négligées. A l'époque, elle ignorait ses problèmes de trésorerie.

Elle approuvait la stratégie audacieuse de son mari, et ne pouvait qu'applaudir sa volonté de consolider Karsouli Entreprises au niveau mondial. Elle admirait sincèrement son esprit aiguisé, son intelligence et sa détermination.

De plus, l'arrangement financier qui avait déterminé leur mariage se transformait chaque jour davantage en une relation beaucoup plus… personnelle.

Chaque jour, ou plutôt chaque nuit… Alesha ne pouvait se cacher le plaisir qu'elle trouvait dans les bras de Loukas. Elle aimait le deviner à son côté quand elle bougeait dans son sommeil, sentir ses lèvres se poser au creux de son cou. Quant au sexe, jamais elle n'aurait cru une telle harmonie possible, même en rêve. Excitante, magique, prodigieuse. Mais le sexe restait du sexe : rien de solide ni de profond, parfait, à condition de ne pas se faire d'illusions.

Après tout, qu'était-elle d'autre pour lui qu'une partenaire, dans tous les sens du terme ?

En fin d'après-midi, leur jet atterrit à Athènes, où les attendait Cristos, le chauffeur de Loukas, qui les conduisit en limousine à Kifissia, une banlieue peuplée de luxueuses demeures entourées de magnifiques jardins.

Les yeux d'Alesha s'élargirent quand la voiture passa

une haute grille pour s'arrêter devant l'entrée d'une villa qui avait tout d'un palais.

— Ma résidence principale, déclara Loukas en l'introduisant dans le hall pavé de marbre.

Une intendante entre deux âges les y accueillit, qu'il lui présenta sous le nom d'Héra.

— Quel bel endroit !

Effectivement, toute la maison se révéla d'une élégance raffinée, richement meublée, ornée de miroirs et de tableaux remarquables.

Un lieu bien grand pour un homme seul, même s'il dirigeait l'empire Andreou et devait sans doute beaucoup recevoir.

Pour ses affaires, mais également sans doute pour son plaisir…

Alesha s'assit sur le bord du lit, songeuse. Une de ses maîtresses avait-elle déjà habité ici ? Qui était-elle ? La voyait-il toujours ? Si son passé n'appartenait qu'à lui, il lui avait juré fidélité. Avait-il l'intention de tenir cette promesse ?

Elle bascula en arrière sur le lit, le visage enfoui dans les mains. Si seulement son cerveau voulait bien la laisser en paix et cesser de lui poser des questions !

Elle se redressa et ouvrit son sac, d'où elle tira de la lingerie propre, ainsi qu'un pantalon et un haut de jersey. Elle passa dans la salle de bains que Loukas lui avait indiquée. Après sa douche, elle s'attacha rapidement les cheveux, posa une touche de brillant sur ses lèvres et ressortit dix minutes plus tard pour descendre dîner.

Héra leur avait préparé une moussaka délicatement parfumée, une salade grecque et, en guise de dessert, des fruits frais. Pour terminer, elle prit une tisane, tout en s'efforçant de dissimuler la fatigue qui la gagnait. Comment Loukas faisait-il pour paraître toujours en forme ?

— Pourquoi ne te mets-tu pas au lit ? suggéra-t-il en

se levant. J'ai quelques coups de fil à donner avant de te rejoindre.

— Très bien. Bonsoir, Loukas.

— Dors bien, Alesha.

A peine avait-elle posé la tête sur l'oreiller qu'elle s'endormit.

Elle ne se réveilla pas quand il se glissa à côté d'elle pour la prendre dans ses bras.

Dans son rêve, Alesha laissa échapper un son indistinct, qui se transforma en murmure de plaisir lorsque les lèvres de Loukas se posèrent au creux de sa nuque. D'un geste délicat, il effleura sa poitrine, dont les mamelons se raidirent, tandis que son autre main cherchait le diamant incrusté dans son nombril. Puis il se mit à lui mordiller délicatement le lobe de l'oreille, et la sensation qui électrisait tout son corps arracha à Alesha un gémissement rauque. Lorsque enfin la main de Loukas s'introduisit entre ses cuisses pour masser doucement son clitoris gonflé, elle crut mourir de volupté. S'il s'agissait d'un rêve, elle n'était pas pressée qu'il se termine…

— Tu te réveilles enfin, *agapè mou.*

— Humm…

Elle lui prit le visage entre ses mains et chercha sa bouche, lui offrant un long et profond baiser qui émut Loukas bien davantage qu'il ne l'aurait cru possible. Cela éveilla en lui un désir primitif qu'il tenta de contrôler en la pénétrant lentement, sans cesser de l'embrasser, étouffant le cri que lui arrachaient les spasmes de volupté d'Alesha. Durant de longues secondes, il demeura immobile, avant de se mettre à bouger, légèrement d'abord, puis de plus en plus vite jusqu'à ce qu'ils soient tous deux consumés par le même feu.

Elle poussa un cri incandescent, primal, et retint son

membre en elle, le corps vibrant tout entier d'un mélange de sensations et d'émotions inexprimables, qui ne pouvaient se réduire à un simple échange sexuel. C'était comme si le temps s'était arrêté, que plus rien n'existait que son souffle haletant qui se calmait peu à peu. Apaisée, elle ferma les yeux et sombra dans un profond sommeil.

Aux premières lueurs de l'aube, Loukas se glissa hors du lit pour se doucher. Une fois rasé, il passa un costume avant de s'arrêter longuement pour contempler le visage serein de sa femme, couchée sur le côté, une main sous sa joue, souriant à demi de ses lèvres pleines et sensuelles.

En proie à un trouble certain, il s'interdit néanmoins de poser sa bouche sur la sienne. Dommage, mais il n'avait pas le temps. Cristos l'attendait déjà dans la limousine pour l'emmener en ville, où il devait prendre contact avec son père, appeler sa mère et passer avec elle en revue les différentes activités sociales prévues durant leur courte visite. Et le soir même, dîner de famille chez ses parents.

Alesha allait-elle se souvenir de cette information, qu'il lui avait chuchotée ce matin à l'aube tandis qu'il la tenait dans ses bras ? Il en doutait. Pour éviter de la réveiller, mieux vaudrait laisser un message à Héra entre deux rendez-vous et demander à Cristos d'aller la chercher.

En se réveillant, Alesha découvrit qu'elle était seule ; elle poussa un petit cri en voyant qu'il était déjà 9 heures. Où pouvait bien être Loukas ? Puis elle se souvint de tout ce qu'il lui avait dit.

Une fois douchée, elle s'habilla très simplement avant de descendre dans la cuisine, où Héra lui transmit le message de Loukas. Elle lui prépara du café, qu'elle lui servit avec des croissants, des figues fraîches, du yaourt grec, du pain et du miel.

Après s'être restaurée, Alesha décida d'aller se promener dans le parc. Une légère brise rafraîchissait l'air tiède, et elle put admirer à loisir les massifs de fleurs soigneusement entretenus. La maison, bâtie à flanc de coteau, jouissait d'une vue panoramique sur Athènes et le port du Pirée.

C'est dans cette ville que ses parents étaient nés, qu'ils avaient grandi et s'étaient mariés, avant de décider d'aller vivre à Sydney. Un lieu chargé d'histoire, marqué par les dieux et les hommes, mais aussi par le souvenir de violences et de combats incessants pour le pouvoir et la gloire.

Au moment où elle arrivait à la piscine, carrelée d'une mosaïque bleue et ornée d'angelots soufflant des jets d'eau, son téléphone se mit à sonner. Dès qu'elle reconnut la voix de Loukas, si profonde, et son léger accent, son cœur se mit à battre plus vite.

— C'est juste pour te dire que je suis pris jusqu'à 19 heures, déclara-t-il. Et nous sommes attendus à 20 heures chez mes parents.

— Je serai prête. Dure journée en perspective ?

— Rien d'insurmontable. A ce soir.

Alesha, qui ne sous-estimait pas l'importance de ce dîner, se demandait encore si elle allait ou non s'attacher les cheveux quand Loukas entra dans leur chambre.

— Détachés sur les épaules, déclara-t-il en se débarrassant de sa veste et de sa cravate.

— Tu crois ?

Il la contempla un instant avant de l'embrasser gentiment.

— Dommage que tu sois déjà habillée. On aurait pu partager une douche.

— De toute façon, on n'aurait pas eu le temps.

— Oh, j'aurais très bien pu appeler pour dire que nous étions retardés, plaisanta-t-il avec une étincelle dans le regard.

— Pas question. Ce sont des circonstances où j'aime trop prendre mon temps.

— Tu n'as pas tort, acquiesça-t-il en lui caressant le menton.

Constantin et Angelina Andreou résidaient dans le quartier de Voula, au sud de la ville, dans une luxueuse villa située au sommet d'une colline. Cristos les y déposa à 20 heures précises. A peine la limousine s'était-elle arrêtée que la porte d'entrée s'ouvrit. Les parents de Loukas se précipitèrent pour les embrasser et les féliciter, puis tout le monde entra dans le hall. Au pied de l'escalier Alesha découvrit la silhouette élégante d'une jeune femme brune, tout de noir vêtue. Lexi, la jeune sœur de Loukas, n'avait plus rien à voir avec l'adolescente rebelle qu'elle avait connue cinq ans plus tôt.

— Bonjour, lança Lexi à son frère avant de l'embrasser. Je te remercie de me donner la sœur dont j'ai toujours rêvé. Bienvenue, Alesha.

— Merci, Lexi.

— Tante Daria vous attend dans le salon pour la présentation officielle.

Daria… La sœur de Constantin, une célibataire aigrie à la langue bien pendue. Alesha espéra qu'elle se serait un peu radoucie depuis leur dernière rencontre. A en croire son expression renfrognée, ce n'était pas le cas.

— Alors, commença-t-elle, c'est vous que Dimitri Karsouli a choisie pour racheter ses bévues ?

Bien que préparée à une « amabilité », Alesha tiqua. La soirée commençait bien.

— Je ne vois pas ce que vous voulez dire.

— La vérité, rien de plus. Loukas est mon neveu. J'espérais qu'il choisirait une femme digne de porter son nom.

— Et moi, ce qui m'intéresse, c'est sa capacité à collaborer avec moi pour diriger Karsouli Entreprises.

— Bien répondu, déclara Lexi en faisant mine d'applaudir.

— Asseyez-vous, je vous en prie, proposa Constantin en désignant le canapé le plus proche. Nous allons sabrer le champagne.

— Je préfère l'ouzo, intervint la vieille tante d'un air pincé.

Pour le dîner, Angelina avait préparé elle-même de délicieuses spécialités : un assortiment de fruits de mer variés suivi de pâtisseries au miel et aux noisettes et de fruits frais. On bavarda gaiement de tout et de rien, mais au dessert, Daria ne put s'empêcher d'intervenir sur un ton autoritaire :

— Puisque vous avez refusé à votre famille le plaisir d'assister à votre union, il faut qu'une nouvelle célébration ait lieu à Athènes. Demain, nous irons faire les magasins.

— Une simple confirmation de vos vœux, tempéra Angelina, les yeux brillants. Il y aura des invités, une réception… Ensuite, Loukas, tu pourrais emmener Alesha passer quelques jours sur l'île.

— Quelle charmante initiative, déclara Loukas en posant la main sur la cuisse de sa femme. N'est-ce pas, chérie ?

Alesha s'efforça de maîtriser sa colère d'être ainsi mise au pied du mur. La balle était dans son camp, mais elle ne pouvait décemment pas refuser sans provoquer un scandale…

— Charmante, en effet, acquiesça-t-elle en se tournant vers Lexi : je serais ravie que tu sois ma demoiselle d'honneur.

— D'accord ! répondit la sœur de Loukas, visiblement très contente. Je vais donc me joindre à votre expédition shopping.

— … que je serai très heureux de financer, intervint Constantin. Et maintenant, si nous passions dans le salon ? Angelina va nous apporter le café.

*
* *

Il était presque minuit quand Loukas demanda à Cristos de les ramener à la maison. Assise à l'arrière, Alesha resta silencieuse tandis que la voiture descendait l'allée. Son mari lui prit la main et la porta à ses lèvres.

— Tu t'en es tirée à la perfection.

La pénombre accentuait la virilité de ses traits.

— Ta tante est redoutable.

— Sous cette apparence de louve se cache un tendre cœur.

— Tu plaisantes ?

— Maintenant que tu fais partie de la famille, tu te rendras vite compte qu'elle donnerait sa vie pour chacun de nous. Et qu'elle est très généreuse quand on a su gagner sa confiance.

— Tu aurais pu me dire à quoi je devais m'attendre, lui reprocha-t-elle d'un ton froid.

— Peut-être, mais ça n'aurait guère fait de différence.

Alesha grimaça, résignée. Il ne servait à rien de se battre contre Loukas…

— Quand cette nouvelle cérémonie doit-elle avoir lieu ?

— Je suppose que ma mère et Daria ont déjà tout prévu.

Une fois couchée, Alesha sentit qu'elle aurait du mal à trouver le sommeil.

— Tu veux que je t'aide à t'endormir ? proposa Loukas en se penchant pour l'embrasser sur la tempe.

— Cela dépend de la méthode que tu as en tête.

— Et si je te promets que tu n'auras rien à faire ?

— Dans ce cas, qu'est-ce que tu attends ? répondit-elle, le cœur battant.

En sentant ses lèvres se poser sur sa poitrine, elle poussa un petit soupir, qui se transforma en halètement lorsque les doigts de Loukas descendirent beaucoup plus bas, la forçant à demander grâce. Il la lui accorda bien volontiers et la prit au moment même où elle atteignait l'orgasme, démultipliant celui-ci à l'infini.

Durant tout le reste de la nuit, il la tint dans ses bras jusqu'à ce qu'au dehors le ciel se teinte des nouvelles lueurs de l'aube.

9.

« Amusez-vous bien ! »

Alesha soupira. La phrase de Loukas résonnait dans sa tête tandis que Cristos l'emmenait vers Voula, pour y prendre Angelina, Daria et Lexi.

Dès qu'elles furent arrivées dans le quartier chic de Kolonaki, la tournée des boutiques de mode commença. Mais devant chaque robe qu'on leur présentait, Angelina et Daria faisaient la moue.

— Ne te désespère pas, lui souffla Lexi en aparté. Elles ont toutes les deux très bon goût.

Alesha comprit très vite que le prix n'entrait pas en ligne de compte, et elle abandonna tout effort pour intervenir dans la conversation. En comparaison, la séance de shopping à Sydney en compagnie de Lacey avait été un jeu d'enfant.

— Allons déjeuner, décida Daria. Ensuite, Cristos nous fera faire le tour de la ville jusqu'à la réouverture des magasins.

Même si Alesha avait déjà visité les principaux sites touristiques, elle trouva intéressant de les revoir avec une autre perspective. En effet, Daria et Angelina connaissaient de nombreuses anecdotes transmises de bouche à oreille dans les familles tout au long des siècles. Nombre de ses ancêtres devaient avoir foulé ce sol, qui recelait aussi leurs cendres. Des routes, des maisons et des ateliers et boutiques occupaient un espace autrefois sauvage et, avec un peu d'imagination, on entendait presque les chevaux lancés au galop, les cris des hommes dans la bataille et le cliquètement de leurs épées.

Elles revinrent vers les échoppes les plus élégantes, où le simple nom d'Andreou semblait inspirer aux vendeuses un empressement aux limites de l'obséquiosité.

— Aujourd'hui, nous allons nous contenter de regarder et de comparer, décréta Angelina. Et nous nous accorderons vingt-quatre heures de réflexion avant de nous décider.

Il était très tard quand Cristos déposa Alesha devant la maison de Loukas. Après l'avoir remercié et avoir salué Héra dans le hall, elle se précipita dans la chambre, se déshabilla et fit couler un bain. Elle s'y attarda longuement.

Au moment où, lavée et séchée, elle s'attachait les cheveux, Loukas entra dans la pièce. Il lui suffit de le revoir pour se sentir fondre littéralement. Il se pencha pour embrasser ses lèvres.

— Tu as passé une journée agréable ?

— Est-ce que tu as la moindre idée de ce que représente une séance de shopping avec les femmes de ta famille ?

— C'était si horrible ?

— Pire que cela !

— Je préfère éviter ce genre de sport, je le reconnais. Où as-tu le plus mal : aux pieds ou aux épaules ?

— Aux deux, répondit-elle, tandis qu'il commençait à la masser avec une délicieuse efficacité.

— Puis-je te demander si cette journée a au moins été profitable ? Vous avez trouvé quelque chose ?

— Des chaussures. Même si j'en avais déjà qui convenaient parfaitement. Et ta mère m'a offert son voile de dentelle.

— Je suppose qu'il est magnifique.

Alesha poussa un profond soupir.

— Je ne croyais pas que ce serait si compliqué. Et le pire, c'est que demain, nous devons reprendre le shopping là où nous nous sommes arrêtées ! Est-il vraiment impossible de me faire dispenser et de passer la journée au bureau avec toi ?

— Je risquerais ma tête.

— Tu plaisantes ? Le puissant Loukas Andreou incapable de faire face aux trois femmes de sa vie ?

— Quatre en te comptant. Et je suis bien obligé de reconnaître que dans ces circonstances, le shopping revêt une importance cruciale !

— Très bien, mon cher mari, déclama-t-elle ironiquement. Mais n'oubliez pas que la vengeance est un plat qui se mange froid !

Loukas sourit, sans cesser de la masser.

— Quand ce second mariage est-il censé avoir lieu ?

— La semaine prochaine, je crois. On m'a parlé de mardi.

— D'autres obligations me concernant sont-elles prévues ?

— Une réception samedi soir au profit d'une œuvre caritative que ma famille soutient depuis de longues années.

Alesha leva les yeux au ciel. Sa présence serait donc requise, ainsi qu'un chèque d'un montant considérable. Et tous les regards allaient converger vers elle. Mais au fond, lors de la soirée caritative organisée par Karsouli Entreprises à Sydney, Loukas s'était lui aussi retrouvé sous le feu des projecteurs. Tout le monde savait que la générosité des milliardaires vis-à-vis des défavorisés se concrétisait par des soirées supposées distrayantes, autour de copieux repas bien arrosés. Cela donnait aux riches l'occasion de porter des robes de créateurs, d'exhiber leurs bijoux et d'avoir leurs photos dans les magazines spécialisés.

Elle chassa d'un geste de la main ces sombres et un peu injustes réflexions.

— Comment s'est passée ta journée ? fit-elle en se tournant vers lui.

— Plutôt chargée. Mon père envisage de se retirer bientôt des affaires, ce qui suppose de remanier l'équipe de direction, de recruter des cadres compétents et de mettre en place une infrastructure technique qui me permette de tout superviser depuis Sydney.

— Et tu es d'accord avec sa décision ?

Cela signifierait pour lui un surcroît de travail, sans parler des fréquents voyages entre Sydney et Athènes. L'accompagnerait-elle ? L'idée de rester seule à Sydney ne l'enchantait guère. Elle regretterait sa présence, le jour comme la nuit. Ce serait comme si elle perdait une partie d'elle-même. Oui, elle se rendit compte que Loukas lui manquerait, même si elle s'était bien juré de ne plus se laisser prendre… Un rire amer s'arrêta au fond de sa gorge.

— Il a plus de soixante ans. A cet âge, c'est inévitable.

Un moment, Alesha le fixa sans rien dire, comme si elle avait perdu le fil de la conversation. Avec une lueur étrange dans le regard, il leva la main pour défaire la ceinture de son peignoir et prit ses seins entre ses mains.

— Ils sont superbes, murmura-t-il en les embrassant l'un après l'autre.

Puis il en effleura les pointes, faisant courir dans son corps une onde de plaisir.

— Tu portes un nouveau parfum ? reprit-il.

— C'est mon savon au gardénia, répondit-elle d'une voix étranglée, juste avant qu'il ne pose ses lèvres sur les siennes.

De la magie. De la pure magie, songea-t-elle avant de l'attirer à elle, absorbant de tous ses sens l'intensité qui émanait de lui. Mais cela ne lui suffisait déjà plus. Il le lui fallait tout entier, nu, peau contre peau. Il fallait que leurs corps fusionnent.

N'était-ce pas ce qu'on appelait l'amour ?

Elle fronça les sourcils. La volupté, à coup sûr. Mais l'amour supposait confiance et fidélité. Et n'avait-elle pas juré que jamais un autre homme ne lui briserait le cœur ? Pourtant, Loukas était désormais présent en permanence dans ses pensées. Avec lui, elle se sentait différente, particulière. Le faisait-il à dessein, pour qu'elle s'abandonne à un sentiment trompeur de sécurité ? Elle n'en savait rien et, d'une certaine façon, elle ne voulait même pas le savoir. Découvrir que tout n'était que comédie aurait été au-dessus de ses forces. Ce qui équivalait à un aveu…

Elle réussit à s'écarter un peu de lui ; il ne chercha pas à la retenir.

— Tu devrais aller te doucher et te changer, lui dit-elle en se dirigeant vers son dressing. Sinon nous allons être en retard pour le dîner. Je suis certaine qu'Héra s'est mise en quatre pour nous faire plaisir.

Pendant le repas, ils bavardèrent de choses et d'autres avec animation. Une fois le café pris, Loukas se leva pour aller travailler. Alesha se connecta à internet pour vérifier ses courriels et répondre à Lacey, dont elle avait reçu un message le matin même.

Il était fort tard quand elle alla se coucher, et plus tard encore quand Loukas vint la rejoindre. Durant un moment, elle demeura complètement immobile, allongée sur le côté. Puis elle sentit qu'il se glissait derrière elle. En entendant sa respiration ralentir peu à peu et gagner en régularité, signe indéniable qu'il s'était endormi, elle ne sut dire si elle était soulagée ou déçue.

Les journées qui suivirent furent entièrement consacrées au shopping, et Alesha ressentit un véritable soulagement quand ses trois accompagnatrices se déclarèrent enfin satisfaites. Elle devait d'ailleurs reconnaître qu'en matière de mode, elle n'avait pas eu à se plaindre de leurs conseils.

— Maintenant, tu peux te détendre, lui dit Lexi lorsque Cristos les déposa à Voula le vendredi soir.

Avec cette soirée de bienfaisance le lendemain, puis la confirmation des vœux et la réception programmées pour le mardi, Alesha doutait de pouvoir parvenir à la moindre forme de détente…

Comme l'avait prédit Loukas, Daria s'était considérablement radoucie durant les derniers jours, et il était possible de se faire une idée de sa vraie personnalité, au-delà de son abord peu amène.

Quant à Angelina, c'était une mère parfaite, capable d'admettre que ses enfants étaient devenus adultes et de les traiter comme tels, abandonnant son rôle protecteur pour les considérer comme ses égaux. Une qualité rare qu'Alesha appréciait à sa juste valeur. De son côté, Lexi s'était montrée charmante tout en faisant preuve d'indépendance et de détermination.

— Loukas est fait pour diriger Andreou. Personnellement, je m'épanouis en dessinant des bijoux. Je possède un atelier dans le quartier de Plaka, et je commence à avoir une petite notoriété. Cette année, grâce aux articles qui m'ont été consacrés, je vais pouvoir engager un nouvel employé.

— Quand pourras-tu me montrer tes créations ? lui demanda Alesha tandis qu'elles prenaient le café.

Lorsque Loukas avait appelé pour dire qu'il devait dîner avec ses associés, et qu'il rentrerait sans doute très tard, Angelina avait insisté pour qu'Alesha partage leur repas.

— Je vais te donner l'adresse de mon site internet et nous prendrons rendez-vous pour que Cristos t'y conduise avant votre retour à Sydney.

Il était presque 23 heures quand elle revint chez Loukas. Au moment où elle montait l'escalier, son téléphone se mit à sonner.

— Encore une heure, *agapè mou.*

— Je serai certainement endormie quand tu rentreras.

— Dans ce cas, je te réveillerai !

A cette idée, un délicieux frisson glissa le long de son échine.

— S'il le faut vraiment…

Il eut un petit rire qui la fit fondre.

Elle se déshabilla et passa sous la douche. Elle resta longtemps sous le jet tiède, qui lui permit d'évacuer toutes les fatigues de la journée. Puis elle se savonna avec son savon au gardénia, tout en tentant de se convaincre que ce choix n'avait rien à voir avec la proposition de Loukas.

En proie à un désir soudain d'introspection, elle se demanda depuis quand elle avait cessé de subir ce mariage comme une corvée. A présent, elle aurait tout donné pour qu'il réussisse. Pour aimer et être aimée en retour. Mais n'était-ce pas trop demander ? L'amour ne pouvait pas s'acheter, et il exigeait des soins constants.

Elle laissa son esprit vagabonder, imaginant leurs futurs enfants… Loukas les ferait sauter dans ses bras en riant. Au fur et à mesure qu'ils grandiraient, il saurait les protéger et les aider à s'épanouir.

Mais ce n'étaient là que des rêves…

Elle allait s'endormir quand elle entendit le bruit de la porte, puis le bruissement des vêtements de Loukas, et enfin le ruissellement de la douche. Quelques minutes plus tard, il la rejoignit et la serra dans ses bras. Elle lui prit la tête entre ses mains pour l'embrasser, avec une fougue qui le troubla au plus haut point.

Tandis qu'il dînait et parlait affaires avec ses associés, malgré toute la concentration requise par une négociation difficile, il n'avait cessé d'imaginer ces retrouvailles. Maintenant, il n'avait plus qu'une idée en tête : s'abandonner à la magie de ce corps de femme. Sa femme. Lui donner du plaisir jusqu'à ce qu'elle se cabre contre lui et crie son plaisir, tandis qu'il embrasserait le creux si sensible de sa nuque. La sentir réagir à ce contact, jouir de l'exquise intimité d'un orgasme partagé.

***

Alesha passa une longue robe de soie, dont le corsage d'un bleu profond, selon Daria et Angelina, mettait en valeur sa minceur et illuminait son teint. Elle enfila des escarpins assortis et se para d'un pendentif et de boucles d'oreilles en diamant. Elle vérifia son maquillage, qui mettait l'accent sur ses yeux, et y ajouta une touche de poudre soleil et un peu de brillant à lèvres.

— Tu es ravissante, déclara Loukas au moment où ils quittaient leur chambre.

— Merci. Tu n'es pas mal non plus, répondit-elle en lui jetant un regard admiratif.

Avec son smoking, sa chemise blanche et son nœud papillon, il était trop beau pour qu'aucune femme ne puisse le regarder sans perdre la tête. Elle y compris…

— Tu me flattes, lança-t-il ironiquement.

Ensemble, ils descendirent l'escalier pour rejoindre Cristos, qui les attendait devant la maison.

Alesha sentit son pouls s'accélérer quand Loukas lui prit la main, qu'il garda dans la sienne durant tout le trajet. Une fois sur place, elle observa la foule des invités qui sirotaient du champagne : des hommes de tous âges en costumes sombres et des femmes littéralement rutilantes tant elles étaient couvertes de bijoux de prix. Sa présence au côté de Loukas suscitait un intérêt certain et des regards appuyés ; elle s'efforça de sourire et de rester le plus digne possible.

Ce fut avec un soulagement certain qu'elle aperçut enfin Constantin, Angelina, Daria et Lexi.

— L'équipe de secours, murmura cette dernière en l'embrassant. Tu es superbe.

— Toi aussi.

Un compliment sincère : la sœur de Loukas portait

une robe rouge feu qui lui faisait une silhouette à couper le souffle. Quant à Daria, tout de noir vêtue, elle était très imposante. Angelina, moins sobre, avait choisi un dégradé de tons lilas.

— Veux-tu que je te dise qui est qui ? demanda sa belle-sœur. Ou préfères-tu attendre et voir venir ?

— Tu crois que ça fait une différence ?

— Aucune. Sauf que je peux t'avertir de certains dangers.

— Les ex de Loukas ?

— Tout juste ! J'en ai repéré au moins une…

— Comment s'appelle-t-elle ?

— Iliana. Top model, très riche, folle de Loukas. Attends-toi à ce qu'elle t'arrache les yeux quand elle découvrira qu'il est casé.

Alesha prit sur elle pour ne pas laisser voir son angoisse. Elle attrapa deux coupes de champagne sur le plateau d'un serveur qui passait près d'elle.

— Iliana approche sur ta droite, lui souffla soudain Lexi. En noir et blanc.

Alesha découvrit une jeune femme immense, d'une incroyable minceur, avec un visage exquis éclairé par des yeux noirs étincelants et une bouche pulpeuse.

— *Kalispera.*

Le salut s'adressait au couple, mais son regard restait rivé sur Loukas.

— Iliana, répondit celui-ci d'un ton glacial.

— Tu as de la compagnie ce soir ?

Contrairement à sa voix, légère et un peu moqueuse, ses yeux ne souriaient pas.

— Je te présente ma femme, Alesha.

Loukas prit la main de cette dernière pour la porter à ses lèvres.

— Quelle surprise, mon cher ! Jamais je n'aurais pensé que tu songeais à une union légale. Enfin, il faut bien donner un héritier aux Andreou.

Alesha encaissa le sous-entendu. Cette Iliana était vraiment une tigresse aux griffes bien acérées, capable de dévorer n'importe quel homme au petit déjeuner. La seule pensée de ce corps superbe enlaçant celui de Loukas suffisait à lui donner la nausée. Quelle avait été exactement la nature de leur relation ?

Elle s'invectiva intérieurement. A quoi rimaient ces spéculations ? Elle devait voir la réalité en face : Loukas n'avait jamais été un moine. Des femmes, il avait dû en connaître, et beaucoup. Difficile pourtant de rivaliser avec Iliana…

— Vous ne dites rien ? lui demanda celle-ci, le regard assassin.

— En général, j'évite de parler pour ne rien dire.

— Cela ne vous gêne pas que nous soyons… intimes, Loukas et moi ?

— Cela devrait ?

— Ça suffit, ordonna Loukas d'un ton tranquille, mais tranchant comme le diamant.

A cet instant, les convives furent invités à s'asseoir. A peine la famille Andreou avait-elle pris place à une table qu'Iliana les y rejoignit. Elle s'efforça par tous les moyens d'attirer l'attention de Loukas, qui l'ignora, ne lui adressant la parole que quand la politesse l'y obligeait absolument. Néanmoins, cela suffit à créer un malaise, et certainement à faire naître le doute dans l'esprit des invités.

Alesha réussit à garder son calme. Souriante, elle s'était lancée dans une conversation animée avec ses voisins de table, sans se priver de jeter à Loukas quelques regards de séductrice.

Cependant, au moment où elle sortait des toilettes en compagnie de Lexi, Iliana y fit irruption et lui jeta un regard hautain.

— Quelle belle prise, ma chère ! Loukas n'a rien d'un

petit poisson. Je me demande seulement comment vous avez réussi à l'appâter.

— Tu ne trouves pas que ce genre d'attaque manque de classe ? intervint Lexi.

— Vous êtes enceinte ? insista Iliana en toisant Alesha.

— Tu te ridiculises.

Alesha posa la main sur le bras de Lexi et soutint le regard du top model.

— Quel est exactement l'objet de cette conversation ?

— Vous êtes très mignonne, répondit Iliana, les yeux étincelants de colère, mais votre mariage ne durera pas. Loukas est trop exigeant en matière de sexe pour que vous puissiez le satisfaire bien longtemps.

— Vraiment ? Merci de ce conseil. Je vais réfléchir à de nouvelles positions…

Le sang se retira brusquement du visage d'Iliana. Les mâchoires crispées par la rage, elle voulut gifler Alesha. Sur ses gardes, celle-ci esquiva promptement.

— Ne refaites jamais cela, gronda-t-elle.

— Sinon… ? la défia Iliana.

Rapide comme l'éclair, Alesha lança deux doigts en direction de sa rivale, qu'elle sembla à peine effleurer. Les jambes d'Iliana se dérobèrent et elle glissa au sol.

— On y va ? proposa Alesha en se tournant vers Lexi.

— Mon Dieu ! s'exclama la sœur de Loukas tandis qu'elles regagnaient leur table. Où as-tu appris à faire ça ?

— Un vieux truc d'autodéfense… C'est une longue histoire.

— Des problèmes ? demanda Loukas, qui les avait observées tandis qu'elles se rasseyaient. Avec Iliana ?

— Quelle intuition ! ironisa Alesha.

— Elle a été magnifique, déclara Lexi.

— Vraiment ? insista Loukas, sans quitter sa femme des yeux.

— J'aurais aimé que tu sois là, reprit sa sœur.

— Cette Jézabel aurait bien besoin qu'on la remette à sa place, proclama fermement Daria.

— C'est exactement ce qu'a fait Alesha.

— Parfait !

Alesha n'en revenait pas. Un compliment dans la bouche de cette vieille dame acariâtre ? Incroyable…

Le siège qu'avait occupé Iliana demeura vide tout le reste de la soirée. Avait-elle quitté les lieux ? Alesha n'en croyait rien, ce qui fut confirmé une demi-heure plus tard quand trois créateurs athéniens vinrent présenter au public une sélection de leurs derniers modèles. Iliana faisait partie des mannequins, et Alesha dut reconnaître son professionnalisme : sa silhouette mettait parfaitement en valeur la tenue qu'elle portait. Ce qui ne l'empêcha pas d'agiter son opulente chevelure avec une moue boudeuse tout en fixant longuement Loukas. Voulait-elle lui rappeler ce qu'il avait perdu ?

Tout en feignant de se passionner pour le défilé, Alesha jeta un coup d'œil à son mari, qui lui prit alors la main et lui caressa le poignet. Pour la rassurer ? Elle aurait voulu lui dire qu'elle n'en avait pas besoin, mais cela aurait été un mensonge.

Car malgré les apparences qu'elle tâchait de préserver, elle se sentait très vulnérable devant tous ces gens au courant de la liaison passée entre Loukas et Iliana. Pourtant, l'animosité d'une femme n'était rien en comparaison de ce qu'elle avait vécu avec Seth. Elle continua donc à sourire et à bavarder comme si de rien n'était, attitude qui lui valut un sourire approbateur de Daria, comme si elle comprenait ce qui se passait… ce qui était sans doute le cas.

Enfin, le président de l'association caritative remercia les invités pour leur générosité et prononça le discours final. L'ambiance de la soirée changea et, tandis que les hommes d'affaires se regroupaient, leurs femmes migrèrent vers les tables où étaient assises leurs amies.

Un homme âgé fit signe à Constantin et Loukas, qui se levèrent en s'excusant.

— Je serai à mon atelier lundi, si tu as envie de venir voir, proposa Lexi.

Alesha accepta avec enthousiasme.

— A quelle heure puis-je passer ?

— Viens à 11 heures, on déjeunera ensemble.

— D'accord.

Quand Loukas revint vers leur table, il prit la main de sa femme et la serra très fort en croisant ses doigts sur les siens. Les invités refluaient peu à peu vers le hall de l'hôtel, où le concierge organisait la ronde des voitures.

— Mardi, tout se passera à merveille, ma chère, croyez-moi, chuchota Daria en embrassant Alesha.

Etait-ce la même femme qui l'avait accueillie si fraîchement quelques jours auparavant ? Sans doute Alesha avait-elle eu droit à un rite de passage, dont elle s'était tirée avec les honneurs.

Le chauffeur de Constantin apparut, devançant Cristos. Les deux limousines démarrèrent rapidement pour rejoindre le flot de la circulation nocturne.

10.

— Et maintenant, si tu me racontais ce qui s'est passé avec Iliana ?

— Tu veux dire, quand nous étions aux toilettes ?

— Exactement.

— Tu aurais pu demander à Lexi.

— J'ai préféré m'adresser à toi. De toute façon, Iliana s'est toujours prise pour une diva.

— Comme si je ne m'en étais pas rendu compte. Disons que j'ai prononcé certains mots dont elle a pris ombrage.

— C'est tout ?

— J'ai également dû éviter qu'elle ne me gifle.

— Comment as-tu fait ? demanda Loukas après un silence de quelques secondes.

Alesha le lui expliqua. Il lui prit la main pour la porter à ses lèvres.

— Tu aimerais bien me faire dire qu'il n'y a pas eu beaucoup de femmes dans ma vie avant toi, n'est-ce pas ?

— Ce n'est pas ce qu'on dit dans les journaux.

— Et si je t'affirmais que jamais je ne me suis lancé dans une nouvelle relation avant d'avoir mis fin à la précédente, si bien qu'en quelque sorte, j'ai toujours été fidèle ?

— Tu voudrais que je te décerne un brevet ?

Après avoir souhaité une bonne nuit à Cristos, Alesha monta directement dans leur chambre, suivie de près par Loukas. Comme elle ne parvenait pas à débloquer le fermoir de son pendentif, il vint immédiatement à son aide. Puis elle sentit que ses doigts cherchaient le zip de sa robe, qui ne tarda pas à tomber au sol dans un bruissement soyeux. Elle se tourna alors vers lui pour lui ôter sa veste et défaire sa cravate, avant de s'attaquer aux boutons de sa chemise avec une lenteur délibérée et de déboucler sa ceinture.

— Je te veux nu.

Il lui obéit et se laissa conduire vers le lit, où elle le fit allonger.

— Ne bouge pas.

Les mains sous la nuque, il l'observa d'un air amusé.

— A quoi joues-tu ?

Elle se contenta de sourire et posa un genou sur le lit pour l'enfourcher. Puis elle baissa la tête pour l'effleurer de ses cheveux, dont elle caressa son sexe dressé jusqu'à ce qu'il en perde le souffle.

Avec un murmure de satisfaction, elle releva la tête et laissa courir ses doigts sur son érection. Les muscles de Loukas frémirent sous ses caresses légères, auxquelles elle substitua sa bouche, le titillant avec sa langue avant de le couvrir de baisers. Il voulut alors l'attirer à lui pour chercher ses lèvres.

— Tss tss, souffla-t-elle. Je n'en ai pas fini avec toi.

Paresseusement, elle continua à explorer son corps, portant ses sens à incandescence, le mordillant, en agaçant ses mamelons du bout de la langue. Mais lorsqu'il finit par la prendre par les hanches pour la pénétrer, ce fut elle qui se mit à crier grâce, en proie à un plaisir dévastateur.

Ce fut une chevauchée furieuse. La passion à l'état brut, presque sauvage. Primitive.

Petit à petit, leurs souffles se calmèrent et il la tint serrée contre lui, les lèvres posées au creux de sa nuque. Ses baisers étaient d'une telle douceur qu'Alesha eut soudain envie de pleurer ; elle se contenta de pousser un long soupir. Elle fut envahie alors par un extraordinaire sentiment de plénitude en sentant la main de Loukas lui caresser le dos et s'attarder sur ses fesses.

Il n'y avait pas de mot pour décrire le moment qu'ils venaient de partager.

Elle avait dû sombrer insensiblement dans le sommeil car elle fut réveillée par un bruit d'eau ruisselante, et la conscience qu'elle était maintenant seule dans le lit. Une odeur de gardénia vint chatouiller ses narines. Levant la tête, elle aperçut Loukas qui sortait de sa salle de bains. Il s'approcha du lit, la souleva dans ses bras puis la déposa dans la baignoire. Il s'y assit en face d'elle et la savonna tendrement. Elle chercha son regard et sentit son cœur fondre sous la douceur de son sourire.

Cet homme superbe était à elle.

Elle aurait voulu dire quelque chose, mais sa gorge était trop serrée. Grâce à lui, elle reprenait confiance. En la vie et en les hommes… ou plutôt en *cet* homme. Il avait restauré sa force vitale et réappris à son cœur à battre.

L'effet soporifique de l'eau parfumée combiné à la douceur des gestes de Loukas l'avait de nouveau conduite aux berges du sommeil. Elle sourit en sentant qu'il l'enveloppait dans un vaste drap de bain et la séchait minutieusement.

Puis il la ramena dans leur lit et la reprit dans ses bras, lui effleurant la tempe de ses lèvres. En souriant, elle se blottit contre lui.

L'atelier de Lexi était situé au pied de l'Acropole, dans le quartier branché de Plaka, où se mêlaient cafés, restaurants et d'élégantes petites boutiques de créateurs : vêtements, sacs, produits bio.

— Je vous appellerai quand j'aurai terminé, dit Alesha à Cristos en descendant de la limousine garée devant chez sa belle-sœur.

Elles s'embrassèrent chaleureusement.

— J'avais hâte de te voir, déclara Alesha.

Lexi la précéda dans un escalier.

— Je te préviens, c'est confortable mais pas très grand.

Alesha se sentit immédiatement fascinée par la diversité des matériaux et les innombrables outils soigneusement rangés. Dans une vitrine étaient exposés des bijoux terminés. Une jeune fille et un garçon d'une vingtaine d'années travaillaient le métal avec une étonnante habileté.

— Quel talent ! les complimenta-t-elle avec une sincère admiration.

Un bracelet d'or émaillé de bleu et de turquoise retint particulièrement son attention, et elle découvrit avec étonnement toutes les étapes de la fabrication, depuis les premiers dessins jusqu'à la commercialisation. Elle avait presque perdu la notion du temps quand Lexi regarda sa montre et déclara qu'il était temps d'aller déjeuner.

— Il y a près d'ici un charmant café, qui propose des plats délicieux. Les baklavas sont à se damner.

— Parfait.

Effectivement, tout y était authentique, de la cuisine familiale à l'accueil chaleureux.

— Tu vas adorer notre île, déclara Lexi tandis qu'elles prenaient le café. C'est un vrai sanctuaire, où l'on n'accède que par bateau ou par hélicoptère.

— Hello, Lexi !

Les deux jeunes gens qui s'assirent à leur table avaient entre vingt-cinq et trente ans. Décontractés et rieurs, c'étaient des amis que Lexi avait connus à la fac et qui possédaient un atelier de graphisme non loin de là. Ils commandèrent à manger et se révélèrent d'excellente compagnie. Tous quatre bavardèrent en riant et en échangeant des anecdotes.

— Comme ça, déclara l'un d'eux, vous êtes celle qui a su conquérir le cœur de Loukas.

Son désir et son affection, peut-être. Mais son cœur ?

— Quand on parle du loup…, intervint Lexi.

Alesha tourna la tête. Loukas se dirigeait à grands pas vers leur table.

— Je lui avais dit que nous déjeunerions ici et il a voulu se joindre à nous.

Sous l'intensité de son regard, Alesha sentit son pouls s'accélérer ; tout son corps frémit quand il se pencha vers elle pour lui effleurer la joue de ses lèvres. Elle lui sourit tandis qu'il passait commande, le bras posé sur le dossier de sa chaise en un geste clairement possessif.

Loukas se surpris à passer son bras derrière les épaules d'Alesha. Il s'aperçut qu'il n'appréciait pas de voir ces deux jeunes hommes assis à côté de sa femme, même s'il s'agissait d'un mariage de convenance. Il comprit qu'entre elle et lui, il y avait maintenant autre chose que de l'affection ou du désir. Elle s'était glissée sous sa peau et se trouvait chaque jour plus près de conquérir son cœur, ce dont nulle femme avant elle n'avait été capable.

Des images de la nuit précédente dansèrent devant ses yeux. Rien que de penser à la douceur de ses doigts et de sa bouche, il avait le plus grand mal à se contenir. Il aurait voulu la prendre par la main, l'emmener vers la chambre la plus proche et refermer la porte. Jamais une femme n'avait encore fait naître en lui un tel désir.

Alesha…

Il s'efforçait de dissimuler son trouble, mais s'en était-elle rendu compte ? Non. Elle ne savait pas encore lire en lui. Ou peut-être ne s'autorisait-elle pas à le faire ?

Mais il avait réussi à gagner sa confiance. Avec lui, maintenant, elle se sentait à l'aise. Pourtant il voulait obtenir davantage : voir son visage s'illuminer quand il entrait dans une pièce, qu'elle coure à sa rencontre et s'abandonne avec une joie sans réserve.

Pour ce déjeuner, il avait déplacé un rendez-vous, chose qu'il ne s'était jamais encore autorisé à faire, et il avait été surpris de voir à quel point cela lui avait semblé facile.

Lui qui pourtant avait toujours fait passer son travail avant tout le reste…

Une heure plus tard, il se leva, régla l'addition et déposa un baiser sur la joue d'Alesha. En la voyant rosir, il ressentit une certaine satisfaction. Quelques minutes plus tard, Cristos le déposait devant l'immeuble où se trouvaient les bureaux d'Andreou Corporation. Il se sentait changé, il n'aurait su dire pourquoi ; même s'il avait une petite idée de la réponse…

Pour célébrer le renouvellement des vœux du jeune couple, auquel devaient assister de nombreux parents et amis, Angelina et Constantin leur avaient généreusement proposé leur splendide villa. La fête eut lieu en fin d'après-midi, sur la terrasse surplombant de magnifiques jardins.

Debout sous une charmille, Loukas attendait Alesha, qui marchait dans sa direction au bras de Constantin, suivie par Lexi. Elle portait une robe longue de satin crème, à laquelle le voile offert par Angelina ajoutait une touche raffinée.

La cérémonie fut célébrée en grec et conclue par une bénédiction au cours de laquelle Loukas passa au doigt de sa femme un superbe diamant.

Elle leva vers lui son visage, qu'il embrassa tendrement sous les applaudissements des invités. Rien à voir avec le mariage civil célébré à Sydney quelques semaines plus tôt, durant lequel elle n'avait éprouvé que doutes et ressentiment. Là, tout lui semblait irréel.

Désormais, elle envisageait l'avenir avec un espoir de bonheur et, pourquoi pas, d'amour…

Elle n'eut aucun mal à accepter les félicitations des invités, à déguster le champagne et à apprécier le dîner, festin offert par les parents de Loukas. A la nuit tombée, il fut suivi par un bal.

Son mari ne la quittait guère. A tout moment, elle sentait le poids de sa main au creux de sa taille et ses doigts qui effleuraient son dos nu. A voir ces marques de tendresse, elle commençait à croire qu'elle atteignait enfin le bonheur dont elle avait toujours rêvé en vain.

Alesha aurait voulu lui parler de son ressenti, mais quelle humiliation s'il ne partageait pas ses sentiments ! D'ailleurs, elle estimait que ses actes en disaient assez long : la façon dont elle l'embrassait, dont elle lui faisait l'amour… N'étaient-ils pas en eux-mêmes un langage ? Il ne pouvait ignorer ce qu'elle ressentait.

En revanche, elle, de son côté, avait besoin de mots pour être certaine qu'il était prêt à lui donner son cœur comme elle lui avait déjà silencieusement abandonné le sien. Pour balayer tous les doutes et se laisser aller à sa joie.

Peut-être goûterait-elle enfin ce bonheur quand ils se retrouveraient seuls sur l'île familiale, nageant dans la mer cristalline sous le soleil tiède ou humant le doux parfum de la nuit.

Les invités s'attardaient dans les plaisirs de la fête. A minuit, Loukas leur fit former un grand cercle en se tenant par la main, cercle dont Alesha et lui firent le tour pour remercier chacun personnellement et souhaiter bonne nuit à tous.

Cristos, qui faisait partie des invités, alla chercher la limousine et tout le monde se rassembla devant la villa pour saluer les mariés ; Loukas prit Alesha par la main et la fit monter à l'arrière de la voiture, où il ne tarda pas à la rejoindre.

Durant le trajet de retour à Kifissia, la main dans celle de son mari, elle eut l'impression de vivre un conte de fées.

— Merci, fit-elle en se tournant vers lui.

— De quoi exactement ?

— D'avoir accepté que tes parents et Daria organisent ce second mariage en terre grecque.

— Pour eux, c'était très important.

— Je sais.

Elle se cala contre son dossier, en songeant combien faire le bonheur de ceux qu'on aimait demandait de générosité. Et Loukas en semblait bien pourvu.

— Cette bague est magnifique, reprit-elle en caressant l'exquis solitaire qu'il lui avait passé au doigt. Mais moi, je ne t'ai rien offert en retour.

— Mais si. Toi.

Elle sentit son corps et son cœur fondre à l'unisson.

— C'est… un merveilleux compliment.

S'il était sincère, évidemment… Mais elle avait envie de le croire. Pour la première fois, elle avait l'impression de savoir où elle serait chez elle. Pas dans une maison de pierre ou de brique ; pas à Sydney, Athènes où dans quelque autre contrée. Non, avec Loukas, tout simplement.

Etait-elle tombée amoureuse de lui, par un ironique clin d'œil du destin ? Elle qui avait tant désiré un mariage de pure convenance, sans la moindre implication sentimentale. Elle qui s'était tant battue pour gagner son indépendance après sa désastreuse première union. Elle qui s'était juré de ne jamais plus aimer.

La limousine s'arrêta et Alesha fut étonnée de se retrouver devant l'entrée de la maison de Kifissia. Perdue dans ses pensées, elle n'avait pas vu le temps passer. Avant de pénétrer dans le hall, Loukas la souleva pour lui faire franchir le seuil.

— Pourquoi ? murmura-t-elle en nouant les bras autour de son cou.

— La légende veut que cela signifie que la nuit est loin d'être finie, répondit-il en s'engageant dans l'escalier. Et j'ai bien l'intention de t'en faire profiter.

Le corps d'Alesha s'embrasa à ces mots, et elle lui effleura les lèvres du bout des doigts.

— Oh…

— Tu n'as rien d'autre à répondre, *agapè* ? dit-il en entrant dans leur chambre. Il la reposa doucement sur ses pieds et lui enleva son voile.

— Tu tiens à prendre ta revanche de la nuit dernière ? demanda-t-elle, espiègle.

Sa robe glissa sur le sol et elle fit un pas pour se dégager du flot de satin.

— Je ferai de mon mieux pour y parvenir, assura-t-il en déposant un baiser au creux de son cou.

Il tint parole, avec un art si consommé qu'à la fin, il resta à peine à Alesha la force de se blottir contre lui, haletante et complètement épuisée de volupté.

En milieu de matinée, Cristos les déposa devant l'entrée de la tour Andreou, sur le toit de laquelle un hélicoptère les attendait. Dès qu'ils s'y furent installés, l'appareil s'éleva survolant la ville, puis la mer Egée d'un bleu étincelant, parsemée d'îles. Sur quelques-unes, on apercevait de petites villes où l'on devinait une activité touristique, tandis que d'autres ne recelaient que des villages et des champs d'oliviers. Certaines enfin, couvertes de bois sombres, semblaient inhabitées. Loukas lui raconta l'histoire de l'une d'elles, propriété d'un célèbre armateur grec qui y amarrait un yacht pour y recevoir ses riches amis.

Sur l'île de la famille Andreou, poursuivit-il, qui ne mesurait pas plus de quinze hectares, s'élevait une maison typique à un étage, aux murs blanchis à la chaux et au toit de tuiles bleues vernies.

Au fur et à mesure que l'hélicoptère descendait, Alesha aperçut distinctement une pelouse ornée de plates-bandes fleuries, une piscine étincelante et un court de tennis. Il y avait également une piste d'atterrissage et la maison des gardiens. Loukas lui apprit que Sofia et Spiros habitaient là à l'année. Ils apparurent dès qu'ils entendirent le bruit de l'appareil et saluèrent chaleureusement Alesha.

— Magique, murmura la jeune femme, éblouie par la beauté du lieu.

Un véritable éden, loin de la fièvre trépidante de la vie urbaine ou du commerce forcené des centres touristiques. A l'intérieur, le sol carrelé était orné de nombreux tapis. Les pièces, spacieuses et confortables, étaient meublées très simplement, et les vastes terrasses couvertes semblaient inviter à la détente. Depuis celle de la chambre, Alesha contempla longuement la vue splendide sur la crique au-dessous d'elle.

— J'ai préparé le déjeuner, dit Sofia, qui lui apportait ses bagages. Et dans le réfrigérateur, vous trouverez un repas que vous n'aurez qu'à réchauffer au micro-ondes pour le dîner.

— Merci, répondit la jeune femme avec un grand sourire.

— Je vous en prie. C'est un plaisir.

Quelques minutes plus tard, elle entendit se refermer la porte d'entrée puis crisser les pas de Sofia sur le sentier qui menait chez elle.

— Si tu venais un peu par ici, murmura Loukas.

— Tu n'envisages quand même pas de te livrer à tes plus bas instincts avant le déjeuner ? Moi, j'ai d'autres projets.

— Vraiment ? lança-t-il en haussant un sourcil d'un air amusé. Puis-je savoir de quoi il s'agit ?

— Pendant la journée, j'aimerais bien qu'on nage, qu'on joue au tennis, qu'on se fasse bronzer et même qu'on parte pêcher sur le petit bateau que j'ai vu en bas, amarré à la jetée.

— Et pendant la nuit ?

— Tu n'auras pas à te plaindre…

— Et maintenant ?

— Si nous allions explorer l'île et nager ?

— Et cet après-midi, tennis ?

— Il faut rester actif, acquiesça-t-elle.

— Il existe des activités infiniment plus… amusantes.

— Cela te permettra de faire travailler ton imagination. Pour notre plus grande satisfaction mutuelle.

Loukas éclata de rire. Alesha n'était plus la même. Elle, toujours si tendue, appréhendant tout ce qui concernait le sexe, semblait avoir retrouvé sa confiance en elle. Les défenses qu'elle avait si patiemment élevées pour se protéger n'existaient plus désormais.

— Si je comprends bien, tu suggères que nous passions des tenues décontractées et que nous partions en exploration ?

— Ça ne t'ennuie pas ?

Il lui prit la main pour l'attirer à lui.

— Je ferais n'importe quoi pour te faire plaisir, décréta-t-il en l'embrassant.

Elle envisagea soudain très sérieusement d'écarter tout projet qui les amènerait à sortir de cette chambre. Mais elle s'écarta de lui d'un bond.

— Tu as failli gagner, reconnut-elle avec un sourire coquin.

— Je peux peut-être encore tenter un effort supplémentaire.

— Dans ce cas, je crains que nous ne restions définitivement bloqués dans cette chambre !

La journée s'écoula dans une atmosphère magique, et fut suivie d'une nuit passionnée, entièrement vouée au désir et au plaisir. Alesha sentait son cœur gonflé d'une tendresse si profonde qu'elle aurait voulu que ces moments n'aient jamais de fin. En s'endormant, elle se demanda si Loukas partageait ce sentiment.

Chaque jour qui passait les rapprochait un peu plus l'un de l'autre et faisait naître entre eux une complicité gaie et légère qu'elle adorait. Les éclats de rire fusaient tandis qu'ils nageaient dans la piscine, couraient sur la plage ou jouaient au tennis. De temps en temps, ils allaient passer une heure dans le bureau pour expédier les affaires courantes et prendre des nouvelles d'Athènes ou de Sydney. Lacey leur écrivit à plusieurs reprises, et leur demanda quand ils comptaient rentrer.

Pour Alesha, cette vie idyllique aurait pu durer éternellement, même si elle savait que bientôt la réalité allait reprendre ses droits. Toutefois, elle espérait pouvoir revenir un jour dans ce lieu de rêve.

Le vendredi matin, Constantin appela pour avertir qu'un problème requérait la présence immédiate de Loukas. L'hélicoptère allait passer le prendre pour l'emmener à une réunion à Athènes.

— Il faut vraiment…

— … que tu y assistes, coupa Alesha. Je sais ce que c'est.

Quelques minutes plus tard, il reparut, en costume de *businessman*. Elle l'accompagna à l'extérieur, où le bruit des rotors se faisait déjà entendre.

— Je t'appellerai, promit-il en effleurant rapidement les lèvres de sa femme.

Elle le vit grimper dans la cabine, boucler son harnais et son casque, puis l'appareil s'éleva dans les airs.

Elle revint dans la maison, se versa une seconde tasse de café et envisagea sans entrain la journée solitaire qui l'attendait. Elle allait d'abord se promener un peu sur la plage. Puis elle demanderait à Sofia de lui expliquer quelques-unes des délicieuses recettes dont ils s'étaient régalés. Elle travaillerait sur son ordinateur, regarderait un DVD… et attendrait l'appel de Loukas.

Il téléphona pendant le déjeuner.

— C'est plus compliqué que prévu, expliqua-t-il. Il va falloir que j'assiste à une autre réunion. Je risque de rentrer tard.

« Très bien, dépêche-toi, tu me manques », eut-elle

envie de lui crier, mais les mots restèrent bloqués au fond de sa gorge.

— Bon courage, se contenta-t-elle de dire.

— Je t'appellerai de l'hélico, répondit-il avant de raccrocher.

11.

Le téléphone sonna de nouveau en fin d'après-midi.

— Loukas !

— Alesha ?

Ce n'était pas la voix de Loukas, mais celle d'une femme.

— Oui.

— Je suis Eleni Petrakis, l'assistante de Loukas.

Alesha s'assombrit immédiatement. Elle savait ce que signifiait ce genre d'appel : retour différé. Dommage pour le dîner qu'elle avait préparé…

— Bonjour, Eleni. Je…

— J'ai le regret de vous annoncer que Loukas a été blessé, coupa-t-elle d'une voix blanche. Il s'est fait tirer dessus dans la rue et a dû être hospitalisé. On l'opère en ce moment même. L'hélicoptère de l'entreprise est en route pour venir vous chercher. Je vous attendrai à l'atterrissage pour vous accompagner à l'hôpital.

Alesha se figea, parcourue d'un frisson glacé qui la laissa hébétée, comme privée de vie. Mais son cœur continuait à battre sourdement dans ses tempes.

— C'est grave ? parvint-elle à articuler.

— Impossible de le savoir tant que la balle n'aura pas été extraite. La famille a été informée.

Mon Dieu… Et si… Les mots lui manquaient pour évoquer l'horrible vision… Le corps sanglant de Loukas blessé, relié à d'innombrables machines. Impossible d'y croire.

— Je vous suggère de préparer un léger bagage, reprit Eleni.

Alesha dut faire un effort surhumain pour reposer le combiné, qu'elle serrait convulsivement entre ses doigts aux jointures blanchies.

Sofia sourit en la voyant entrer dans la cuisine, mais son sourire se figea quand elle remarqua son expression affolée.

— Quelque chose ne va pas ?

Elle informa brièvement la gardienne de ce qui venait d'arriver, puis rejoignit sa chambre pour entasser quelques objets de première nécessité dans un sac. Elle s'interdit de pleurer en se mordant la lèvre. Les larmes n'arrangeraient rien et elle se devait d'être forte.

Elle n'avait qu'un souci en tête : l'état de Loukas. Affaibli, anesthésié, inconscient, peut-être sur le point de… Non ! Un cri silencieux monta de sa gorge. Et si elle arrivait trop tard pour lui dire…

Une éternité lui sembla s'écouler avant qu'elle entende le bruit de l'appareil. Elle se rua hors de la maison pour le voir approcher et grimpa dedans avant même qu'il ait touché le sol.

Le voyage lui parut durer un siècle, et elle faillit oublier de remercier le pilote avant de se précipiter vers la jeune assistante, qui l'entraîna vers l'ascenseur. Une limousine les attendait devant l'entrée, mais elle fut prise immédiatement dans les embouteillages. La sonnerie du mobile d'Eleni retentit soudain. L'assistante de Loukas échangea rapidement quelques phrases en grec avec son interlocuteur.

— C'était l'hôpital ? demanda Alesha quand la jeune femme eut raccroché.

— Oui. La blessure est moins grave qu'elle n'en avait l'air, mais la balle a traversé le haut du bras et fracturé l'os. Le chirurgien qui l'a extraite a dû poser une broche en titane. Loukas a été transféré dans une chambre privée et on lui administre une perfusion d'analgésique.

Sans prêter attention aux innombrables couloirs qu'elles traversaient, Alesha essaya d'obtenir des détails sur les circonstances de l'agression.

— D'après ce que j'ai cru comprendre, répondit Eleni, il sortait d'un immeuble où s'était tenue une réunion lorsqu'il a été pris dans une manifestation. La police avait bouclé la zone mais des coups de feu ont été tirés. Leurs auteurs ont été arrêtés. Loukas a eu la malchance de se trouver au mauvais endroit au mauvais moment : il a été l'une des rares personnes à avoir été blessées.

D'horribles images envahirent l'esprit d'Alesha, mais elle continua à suivre Eleni jusqu'au bureau des infirmières, où on leur indiqua la chambre de son mari. A peine entrée, elle posa sur lui un regard anxieux. Elle remarqua la pâleur de son teint sous le hâle et son bras en écharpe.

Mon Dieu… A quelques centimètres près… Le regard sombre de Loukas chercha le sien, et son corps tressaillit sous le choc. Pendant quelques secondes, elle resta immobile, comme clouée sur place. Elle aurait tant voulu se précipiter sur lui pour le couvrir de baisers et lui dire tous les mots qu'elle s'était interdit de prononcer jusque-là.

— Eleni, déclara Loukas d'une voix tranquille mais un peu traînante, pourriez-vous nous laisser seuls un moment, s'il vous plaît ? Restez devant la porte et n'autorisez personne à entrer avant que ma femme ne ressorte.

Dès qu'ils furent seuls, Alesha ne put retenir ses larmes.

— Viens par là, lui demanda-t-il avec une infinie douceur en l'attirant à son chevet. Plus près.

Levant la main, il effleura les joues ruisselantes de sa femme.

— Tu pleures, *agapè mou* ? demanda-t-il avec un accent légèrement plus prononcé que d'habitude.

— Je t'aime.

Rien ne semblait plus urgent à Alesha que cet aveu. En le prononçant, elle sentit s'évanouir l'angoisse qu'elle avait nourrie depuis l'appel d'Eleni, depuis qu'elle avait été contrainte d'envisager la possibilité de vivre sans Loukas. La douleur qui lui avait alors percé le cœur avait été si vive que, sur le moment, elle aurait préféré mourir.

— Tu crois que je ne le sais pas ? lança-t-il en lui prenant le visage pour l'approcher du sien. Pas question qu'on en reste là.

— Tu ne vas pas..., murmura-t-elle en tentant de lui échapper.

Mais sa langue se glissa sous la sienne et ce baiser lui fit perdre toute notion du temps. Quand elle reprit ses esprits, ce fut pour goûter encore la chaleur et la vie de cette bouche sur la sienne, de ces mains qui lui caressaient les cheveux. Des mains qui retombèrent bien trop vite à son goût.

— Tu es toute ma vie, chuchota-t-il.

Les lèvres tremblantes, elle sentit de nouveau des larmes rouler sur ses joues.

— Ne pleure pas.

— Quand Eleni m'a appelée, avoua-t-elle, incapable de maîtriser le tremblement qui l'agitait, j'ai eu peur que tu meures sans que je t'aie dit que je tenais à toi plus qu'à ma propre vie. Sans toi...

Il voulut l'attirer à lui.

— Non. Il faut absolument que je te le dise...

Et pourtant, de simples mots lui semblaient incapables d'exprimer la profondeur de l'émotion qui l'habitait entièrement.

— Mon expérience avec Seth avait détruit toute la confiance que j'avais dans les hommes. J'ai consacré tout mon temps et toute mon énergie à Karsouli Entreprises. Quand mon père m'a demandé de lui donner un héritier, je lui ai proposé d'avoir recours à un donneur pour procréer par insémination artificielle, ce qu'il a absolument refusé.

Elle soutint son regard avant de continuer d'une voix tranquille :

— Quand j'ai eu connaissance de la clause du mariage dans son testament, j'ai pensé à m'enfuir ; mais l'entreprise était devenue toute ma vie. Alors je n'ai pas démissionné, même si cela m'obligeait à t'épouser. J'ai essayé de croire que je pourrais contrôler la situation, mais ça n'a pas marché. Parce que j'avais tout le temps envie que tu sois là, même si je ne comprenais pas pourquoi. J'avais pensé que je pourrais me contenter de coucher avec toi, sans m'engager davantage, mais c'était une erreur.

Loukas lui prit la main, qu'il pressa dans la sienne.

— Tu t'es montré si patient, si compréhensif. Et ce que j'avais pris pour une simple attirance sexuelle s'est révélé être tout autre chose. Un sentiment trop profond pour que j'ose lui donner le nom qu'il méritait.

— Tu ne peux pas savoir ce que j'ai ressenti quand j'ai découvert le mal que t'avait fait ton ex-mari, murmura-t-il, les yeux étincelants de colère. Si j'avais pu mettre la main sur lui à ce moment-là…

Elle leva leurs deux mains unies pour poser ses lèvres sur les doigts de Loukas.

— Je reconnais que cette histoire a bien failli me détruire, mais j'ai survécu ; et cette expérience a fini par me mener jusqu'à toi et jusqu'à un bonheur auquel je n'osais plus croire.

Il se pencha pour la prendre par la nuque et poser sur ses lèvres un délicieux baiser. Quand il releva la tête, il lui jeta un regard plein de passion.

— *Agapè mou,* murmura-t-il d'une voix brisée par l'émotion, tu es et tu resteras mon unique amour. Tu t'es glissée dans mon cœur, dans mon âme. Tu es l'air même que je respire.

— Et toi, tu me complètes en tout, balbutia-t-elle. Je ne pourrais supporter de te perdre. Aujourd'hui, j'ai pourtant cru devoir affronter ce cauchemar.

Elle ferma les yeux pour tenter de retenir ses pleurs, en vain. Mais peu importait désormais qu'il soit témoin de ses émotions… Doucement, il lui effleura le visage du bout des doigts pour effacer ses larmes. Au même moment, on frappa à la porte et une infirmière au visage peu amène fit son entrée dans la chambre. Elle eut beau parler très vite en grec, Alesha n'eut aucun mal à comprendre qu'elle exprimait une totale désapprobation.

La douceur de la voix de Loukas ne suffit pas à l'apaiser. Après avoir vérifié la perfusion et fait subir au malade un examen approfondi, elle toisa Alesha d'un air revêche avant de sortir de la pièce.

— Tu as besoin de te reposer, déclara celle-ci en observant les traits tirés de son mari. Je vais aller prendre un café et je reviendrai plus tard.

Malgré le sourire navré de Loukas, elle sortit de la pièce. En découvrant Eleni qui attendait dans le couloir, elle l'invita à l'accompagner à la cafétéria.

— Le chauffeur vous ramènera chez vous quand vous le désirerez, lui dit l'assistante en lui tendant une carte. Vous n'aurez qu'à l'appeler à ce numéro et il vous attendra devant l'entrée principale. J'ai également inscrit le mien, au cas où vous auriez besoin d'aide.

— Merci beaucoup, Eleni. Passez une bonne soirée.

Une fois la jeune femme rentrée chez elle, Alesha alla demander des détails sur le traitement de Loukas, la durée de son hospitalisation et de sa convalescence.

Elle allait devoir informer le bureau de Sydney que leur séjour en Grèce risquait de se prolonger au moins une semaine ou deux.

Lorsqu'elle revint dans la chambre, elle trouva Loukas endormi et s'assit sur la chaise placée au chevet du lit pour mieux contempler ce visage adoré. Ses lèvres pleines et sensuelles lui rappelaient les baisers qu'ils avaient échangés ; sa mâchoire dénotait une force de caractère qui pouvait aller jusqu'à l'intransigeance, mais aussi une extrême honnêteté. Cet homme était son sauveur, son chevalier, son protecteur, l'amour de sa vie. Elle lui appartenait, corps et âme. Plus de craintes ni de doutes. Plus de faux-semblants. La découverte de cette vérité lui rendait le monde plus clair et plus lumineux.

— Alesha…

Elle lui sourit tendrement.

— Oui ?

— Où étais-tu ? A Sydney ? Sur l'île ?

— Non, je pensais à toi. A nous plus exactement.

— Tu es bien loin. Viens un peu par ici, dit-il en tapotant la couverture.

— Tu veux vraiment nous mettre l'infirmière à dos ?

La porte s'ouvrit soudain sur une aide-soignante qui apportait des médicaments. Loukas les prit sans regimber, et ne protesta pas quand elle lui fit remarquer que les visites n'étaient plus autorisées à cette heure-ci. Mais lorsque Alesha s'approcha pour lui effleurer pudiquement les lèvres, il la prit par la nuque pour approfondir ce baiser.

— Dors bien, murmura-t-il, ravi de la voir rougir.

Le chauffeur, qui attendait devant l'entrée, guida Alesha vers la voiture avant de la ramener à Kifissia, où Héra la questionna avec anxiété sur l'état de Loukas.

— Vous avez dîné ?

Alesha, qui n'avait rien mangé depuis le matin, accepta avec reconnaissance le repas léger que la gouvernante lui offrait. Il était très tard quand elle éteignit sa lampe, après avoir lu un long moment. Mais les événements de la journée continuaient à tourner dans sa tête : la manifestation, la balle perdue qui avait failli coûter la vie à l'homme qu'elle aimait… Elle vit l'ambulance et suivit les efforts de l'équipe médicale pour stopper l'hémorragie et évaluer la gravité de la blessure. Puis l'arrivée aux urgences. L'opération. Son soulagement enfin quand elle avait appris que Loukas allait bien, alors qu'elle redoutait le pire.

A un moment, ce scénario glissa dans son subconscient, où il prit la forme d'un cauchemar si sombre et si horrible qu'elle se réveilla en pleurs, répétant le nom de Loukas. Elle se précipita dans la salle de bains pour se passer un gant humide sur le visage. Elle prit dans son sac un livre électronique, disposa plusieurs oreillers sur son lit et s'installa pour lire le reste de la nuit.

Après un petit déjeuner léger, elle organisa sa journée en fonction des horaires de visites autorisés. Il fallait bien qu'elle s'occupe en attendant les moments où elle pouvait voir Loukas. Peut-être irait-elle acheter quelques souvenirs de Grèce pour ses amis de Sydney ? Le superbe pendentif qu'elle avait remarqué dans une vitrine ferait sans doute la joie de Lacey… si elle réussissait à se rappeler chez quel bijoutier elle l'avait vu ! En demandant à Cristos de l'accompagner, peut-être aurait-elle une chance de le retrouver.

— Ce doit être vers Monastiraki ou Plaka, déclara celui-ci lorsqu'elle lui posa la question.

En passant, elle s'arrêta dans l'atelier de Lexi, où elle acheta le bracelet qu'elle avait admiré et des pendants d'oreilles assortis, dans l'intention de les offrir à Lacey pour Noël. Une demi-heure plus tard, en se promenant au hasard des rues, elle reconnut la vitrine qu'elle cherchait, pleine de bijoux étincelants. A peine Cristos eut-il mentionné le nom d'Andreou que le directeur insista pour lui présenter, en privé, l'ensemble de la collection.

— Apparemment, tu as la réputation de ne pas reculer devant les cadeaux les plus coûteux, fit-elle à Loukas un peu plus tard, tandis qu'ils bavardaient dans sa chambre à l'hôpital.

— Ça te dérange ?

— Ça devrait ? répliqua-t-elle du tac au tac.

Malgré cette feinte indifférence, il repéra immédiatement l'anxiété qu'elle cherchait à dissimuler.

— Non, il n'y a pas de quoi t'inquiéter.

Il fallait qu'elle comprenne qu'il n'y aurait plus jamais d'autre femme tant elle lui était devenue aussi nécessaire que la lumière ou l'air qu'il respirait. Sans elle, sa vie n'aurait plus aucun sens. Un instant, il regretta d'être cloué sur ce lit, confiné dans cet hôpital. Il avait tellement envie d'elle…

Quand vint l'heure de la séparation, il l'embrassa si passionnément qu'Alesha sentit son corps répondre instantanément. Elle lui caressa doucement la joue.

— Prends bien soin de toi, murmura-t-elle avant de sortir de la chambre.

Arrivée à la réception, elle appela Cristos pour lui demander de venir la chercher. Après la séance de shopping du matin, elle ne se sentait pas d'humeur à errer de nouveau à travers les rues. Mieux valait rentrer à la maison pour déjeuner rapidement et prendre une tasse de thé.

— A Kifissia.

En entrant dans la villa vide, elle entendit ses pas résonner sur le marbre. Elle monta rapidement l'escalier, ôta ses escarpins et passa des leggins confortables et un large pull qui lui arrivait en haut des cuisses. Finalement, elle n'avait pas faim. Depuis son retour, elle n'avait plus le moindre appétit. Elle regarda sa montre pour calculer quelle heure il était à Sydney et décida d'appeler Lacey. Son amie décrocha aussitôt.

— Alesha ! Comment vas-tu ?

Elle était si heureuse de pouvoir parler, rire, échanger des nouvelles… Mais elle n'était pas au téléphone depuis un quart d'heure quand elle entendit un bruit léger derrière elle. Elle s'arrêta au milieu d'une phrase et se retourna, le cœur battant, vrillé par la peur.

— Toi ? Ici ? s'exclama-t-elle, éberluée.

— Alesha ? Tout va bien ? s'inquiéta Lacey à l'autre bout de la ligne.

— Tu m'as fait peur ! Tu devrais être à l'hôpital ! continua Alesha, sans avoir entendu la question de son amie.

— Loukas est rentré, c'est ça ?

Il s'empara du téléphone :

— Lacey ? Alesha te rappellera demain. Je te remercie et je vais très bien. A bientôt.

Il raccrocha et prit sa femme par la main pour la contraindre à se lever.

— Tu n'aurais jamais dû…

— Plus tard, murmura-t-il en lui fermant la bouche d'un baiser si passionné qu'elle en eut le vertige.

— Mais pourquoi ?

— Tu as vraiment besoin d'explication ?

Pour elle ? Elle lui manquait ? Elle avait envie de pleurer, de rire. Toutes ces émotions… La peur, le soulagement, mais surtout la joie, le pur bonheur que lui avait apporté Loukas et le plus précieux des cadeaux : l'amour. Elle voulait le toucher et sentir ses doigts se poser sur elle ; célébrer cette vie qui commençait. Ensemble, pour toujours.

— J'ai bien peur que tu ne doives garder le bras en écharpe pendant un certain temps, murmura-t-elle, une lueur gourmande dans les yeux.

— On trouvera bien un moyen de faire avec, rétorqua-t-il en lui jetant un regard incroyablement sensuel.

— Tu dois te reposer.

— J'avais justement l'intention de me mettre au lit. Avec toi.

— Tu as mangé quelque chose ?

— J'ai plus urgent à faire pour le moment.

— Et moi, je ne tiens pas à te voir mourir d'inanition, déclara-t-elle d'un ton sérieux.

Loukas la contempla un long moment, puis glissa la main sous son pull pour caresser sa chair tiède. Elle n'avait pas de soutien-gorge... Elle se raidit sous ses caresses, dans un gémissement de plaisir. Lorsqu'il posa ses lèvres sur les siennes, son excitation était à son comble.

Ils montèrent dans la chambre, où elle le déshabilla avec un maximum de précautions, savourant le contact de sa peau, posant ses lèvres sur les points les plus sensibles.

Alesha se sentait sensuelle, prête à toutes les audaces. Elle aida Loukas à s'allonger sur le lit, se plaça au-dessus de lui et le caressa savamment des doigts et de la bouche jusqu'à ce qu'il soit au bord de la jouissance. Plongeant son regard dans le sien, elle l'introduisit alors doucement en elle et commença à bouger en rythme, contrôlant ses ondulations avec précision.

Lorsqu'elle baissa la tête pour caresser son torse de toute la longueur de sa chevelure, il poussa un gémissement rauque. De la pointe de la langue, elle effleura ses pectoraux et son cou, puis s'empara de sa bouche presque violemment.

Un peu plus tard, apaisée, ellc s'étendit contre lui, la tête blottie au creux de son épaule. Puis Alesha lui enveloppa le bras dans une feuille de plastique imperméable pour qu'ils prennent une douche ensemble. Elle le sécha, l'aida à enfiler un peignoir et le laissa regagner seul la chambre. Lorsqu'elle y revint à son tour, il lui tendit un mince écrin, avec un sourire qui emballa son rythme cardiaque.

— Pour toi. Ouvre-le.

Sur un fond de velours noir se détachait un délicat collier de diamants roses et bleus.

— Il est superbe ! s'exclama-t-elle.

Elle l'avait admiré l'après-midi même chez le bijoutier, sans songer une seconde à se l'offrir. Cristos l'avait donc trahie !

— Merci, fit-elle en ravalant les larmes qui lui montaient aux yeux. Mais mon cadeau le plus précieux, je l'ai déjà reçu. C'est toi.

Loukas esquissa un sourire. Alesha n'était pas au bout de ses surprises…

Quelques jours plus tard, l'hélicoptère les ramenait dans l'île Andreou, dont le rivage bercé par le ressac apparut à Alesha comme un havre de tranquillité. La température s'était rafraîchie et il pleuvait souvent durant la nuit, mais peu importait. Ils y passèrent quelques jours à faire l'amour et à se promener sur la plage, s'arrêtant pour observer un morceau de bois flotté, un galet, ou pour écouter le cri d'une mouette. Bientôt, il leur faudrait regagner Sydney et retrouver leurs agendas chargés.

Alesha savait qu'ils y trouveraient également bientôt autre chose, convaincue qu'on allait lui confirmer la présence de la vie nouvelle qu'elle sentait palpiter en elle.

Le dernier jour, tandis qu'ils se promenaient avec le chien de Sofia et Spiros et que le vent emmêlait les longs cheveux d'Alesha, Loukas la prit dans ses bras pour la serrer contre son cœur. Le matin même, il avait eu confirmation de l'efficacité de sa stratégie : son plan avait réussi au-delà même de ses espérances.

— C'est pour toi, dit-il à sa femme en lui tendant l'enveloppe qu'il venait de tirer de sa poche.

— Mais je n'ai besoin de rien d'autre, protesta-t-elle.

— Ouvre-la.

Elle s'exécuta, et eut la surprise de découvrir un chèque de cinq millions de dollars.

— De quoi s'agit-il ?

— C'est la somme que ton père avait payée à ton ex-mari pour qu'il accepte le divorce et sorte définitivement de ta vie.

Elle chancela sous le choc.

— Je ne peux accepter cet argent de toi, balbutia-t-elle d'une voix brisée par l'émotion.

— C'est le produit de la vente de tous les biens de Seth Armitage : son affaire, sa maison, ses voitures de collection, tout ce qu'il possédait.

Loukas s'était de plus arrangé pour faire perdre sa réputation à cet homme, dont il avait découvert, au fil de son enquête, la redoutable cruauté et l'absence de scrupules.

— Tu l'as ruiné ?

— Tu ne m'en croyais pas capable ?

— Si, bien sûr.

— J'aurais voulu le tuer pour ce qu'il t'a fait, gronda-t-il en la serrant plus fort contre lui.

— Pour lui, tout perdre jusqu'au dernier centime doit être pire que la mort.

— Il l'a bien mérité.

Durant quelques minutes, Alesha resta silencieuse, pour trouver la force de lui révéler des détails dont elle n'avait jamais parlé à personne.

— Ça a commencé quelques jours seulement après notre mariage. Comme je refusais de me plier à ses exigences sexuelles perverses, il m'a insultée et s'est moqué de moi en prétendant que j'étais trop coincée, et que j'avais besoin d'une leçon. J'ai terminé à l'hôpital avec des hématomes multiples, quelques côtes cassées et un bras fracturé. J'ai appelé un avocat et engagé un vigile pour surveiller ma chambre nuit et jour.

— Et Dimitri ?

— Mon père se trouvait à Melbourne pour affaires et n'a pris connaissance de mon état qu'à son retour.

Les mâchoires de Loukas se crispèrent au souvenir

des cauchemars et de la terreur d'Alesha, des cicatrices de ses blessures.

— Mais tu n'as pas porté plainte.

— Je n'avais pas envie que cette histoire se répande dans les médias ou ne finisse devant un tribunal. J'ai préféré conclure un arrangement financier avec Seth, sans savoir que mon père avait encore ajouté de l'argent pour être certain que je sois définitivement tranquille. Et puis je me suis lancée dans une nouvelle vie.

— Alesha…

— Je t'en prie, fit-elle en le regardant avec une infinie douceur. Un avenir radieux s'offre à nous. Tout ce dont j'avais rêvé. Bien plus, même… Avec toi. Mais cet argent, je ne peux pas le garder. Je n'en veux pas. Il est souillé, maudit. Je vais l'utiliser pour aider d'autres femmes qui supportent les mêmes violences que celles que j'ai subies. Tu veux bien ?

Il déposa sur son front un léger baiser.

— Au début, j'ai trouvé que le testament de mon père était d'une rare cruauté, reprit-elle en levant le visage vers lui. Maintenant, je comprends le cadeau qu'il a voulu me faire. Dommage qu'il ne puisse pas savoir…

— Je suis certain qu'il sait. Où qu'il soit, il sait.

Alesha se détourna pour contempler la mer étincelante, dont la surface se ridait légèrement sous la brise.

— Cet endroit est incroyable. Un véritable paradis. Je veux te remercier.

— De quoi ?

— D'avoir cru en moi, précisa-t-elle en souriant. De m'avoir emmenée ici. Tu es l'amour de ma vie.

— Moi qui m'étais imaginé faire un mariage de raison…

— Au lieu de cela, tu te retrouves avec une divorcée névrosée !

Il se pencha pour la faire taire d'un baiser.

— Non, corrigea-t-il. Avec une jeune femme superbe qui a su conquérir mon corps et mon cœur.

— Tu m'as rendu foi en l'amour, répondit-elle, au bord des larmes.

Main dans la main, ils remontèrent le sentier qui menait à la maison. En entrant, elle se dirigea vers la cuisine.

— C'est la soirée de repos de Sofia. Je vais m'occuper du dîner.

— Plus tard, répondit-il en la poussant doucement vers l'escalier qui menait à leur chambre.

Épilogue

Un an plus tard

Parmi les invités qui se pressaient à Piper Point pour fêter le baptême de leurs jumeaux, Sébastian et Sienna, Alesha fut particulièrement heureuse de découvrir les visages de Constantin, Angelina, Daria et Lexi, tout droit arrivés d'Athènes.

Sienna avait devancé de peu son frère, dont les cris perçants s'étaient vite calmés quand sa mère l'avait pris dans ses bras. Désormais âgés de trois mois, ils dormaient sagement dans leurs berceaux, sous la surveillance d'une nurse.

— Vous nous avez donné deux superbes petits-enfants, déclara Constantin avant de quitter la réception.

— Oui, superbes, reprit Daria, qui embrassa Alesha sur la joue avant de se tourner vers Loukas. Tu as beaucoup de chance. Prends bien soin de ta famille.

— Autant que de ma vie, n'en doute pas !

Après le départ du dernier invité, ils montèrent ensemble l'escalier pour se rendre à la nursery. Dans la pénombre ils contemplèrent les deux bébés bruns et joufflus qui dormaient comme des anges.

— Ils sont adorables, murmura Loukas.

Une fois dans leur chambre, il prit Alesha dans ses bras et l'embrassa fougueusement.

— T'ai-je déjà dit que je t'aimais ? demanda-t-il.

— Tu me le dis toutes les nuits, mais une femme n'entend jamais trop ces mots-là.

Loukas sourit. La grossesse d'Alesha l'avait enchanté. Il en avait suivi de près chaque étape, observant les transformations de son corps, étonné de découvrir qu'elle portait deux enfants. Il avait assisté à leur naissance, qu'il avait vécue comme un miracle. Il s'occupait d'eux aussi souvent que son emploi du temps le lui permettait.

— Je pensais à une chose..., commença-t-elle.

— Ce début m'inquiète, plaisanta-t-il.

— Dans cette grande maison, il y a tant de chambres vides.

— Où veux-tu en venir exactement ?

— Peut-être devrions-nous songer à donner à Sébastian et Sienna un petit frère ou une petite sœur ?

— Tu te sens déjà prête à affronter une deuxième grossesse ?

— Que dirais-tu du mois de mai ?

— Dans un an ?

— Ça te donnera le temps de t'habituer à cette idée, lança Alesha en l'attirant à elle.

— Si je m'inquiète, c'est uniquement pour toi.

— Je le sais.

Et elle sourit tendrement à l'homme qu'elle avait tant redouté d'épouser, et qui lui était aujourd'hui plus précieux que la vie.

LA VENGEANCE DE DIMITRI KYRIAKIS, Diana Hamilton • *N°3110*

Depuis des années, Dimitri Kyriakis n'a qu'un but : se venger de son père, qu'il tient pour responsable de la mort de sa mère. Aussi, lorsque l'occasion se présente de séduire la dernière maîtresse en date de celui-ci, Dimitri n'hésite pas...

ENTRE DÉSIR ET SOUPÇON, Kim Lawrence • *N°3111*

Alors qu'elle séjourne en Espagne, Maggie Ward fait la rencontre inattendue d'un bel Espagnol. Et si pour une fois, elle oubliait d'être sage ? Complètement sous le charme, Maggie finit par céder à son désir. Mais, très vite, un soupçon l'assaille : et si son bel amant poursuivait, en la séduisant, un but peu avouable ?

L'AMANT DE CORFOU, Lucy Gordon • *N°3112*

Dès qu'elle croise le chemin de Lysandros Demetriou, Petra pressent que ce dernier est l'homme qu'elle attend depuis toujours. Et que, si elle veut un jour atteindre son cœur, elle va devoir percer les sombres secrets qui le rendent distant et hostile à tout engagement...

LEÇON POUR UN PLAY-BOY, Lucy Monroe • *N°3113*

En voyant arriver son nouvel élève, Cassandra est stupéfaite. Pourquoi un homme d'affaires comme Neo Stamos a-t-il besoin d'apprendre le piano ? Mais, au fil des semaines, elle se surprend à éprouver un plaisir infini à ces leçons. Jusqu'à rêver que Neo la prenne dans ses bras et l'embrasse... Pourtant, elle le sait bien, jamais une femme comme elle ne pourra l'intéresser...

L'HÉRITIÈRE SECRÈTE DES BALFOUR, Sharon Kendrick • *N°3114*

- L'héritage des Balfour - 2ème PARTIE

Travailler ? Kat n'y a jamais songé. Pour la bonne et simple raison qu'elle n'en a jamais eu besoin. Mais c'est pourtant ce que son père s'est brusquement mis en tête de lui faire faire — qui plus est, sous les ordres de Carlos Guerrero, un homme qu'elle déteste depuis qu'il l'a humiliée un an plus tôt au bal annuel des Balfour...

Attention, numérotation des livres pour le Canada différente : numéros 1649 à 1654

BestSellers

A paraître le 1er mars

Best-Sellers n°455 • suspense

Le secret de Black Falls - Carla Neggers

De retour dans son village natal de Black Falls pour fuir un scandale qui menace sa carrière d'agent secret, Jo Harper vient chercher un peu de calme et de sérénité sous le rideau neigeux des montagnes de son enfance. Mais au lieu du havre de paix dont elle rêve, elle retrouve son village en état de choc : une adolescente a mystérieusement disparu dans la montagne. Incapable de laisser cette jeune fille seule en pleine tempête, Jo propose de participer aux recherches… pour découvrir qu'il lui faudra s'associer à Elijah Cameron, l'homme qui lui a brisé le cœur quinze ans auparavant. Malgré ses douloureux souvenirs, Jo se résigne à faire équipe avec Elijah. D'autant plus que des indices la conduisent à soupçonner l'adolescente disparue de ne pas s'être seulement perdue, mais aussi et surtout de fuir un danger – un danger redoutable qui pourrait bien les placer eux aussi dans la ligne de mire d'un tueur.

Best-Sellers n°456 • suspense

L'ombre du soupçon - Laura Caldwell

Izzy McNeil n'en revient pas : la voilà présentatrice d'une nouvelle chaîne de télévision. Après des mois particulièrement difficiles, la chance semble enfin lui sourire à nouveau. Il ne lui reste plus qu'à retrouver confiance en elle et à remettre de l'ordre dans sa vie sentimentale. Mais tout cela passe d'un seul coup au second plan quand elle retrouve Jane, sa meilleure amie, sauvagement assassinée. Anéantie, Izzy doit en outre affronter les attaques d'un odieux inspecteur de police qui la soupçonne du meurtre de son amie. Comment se défendre face à ces accusations quand des coïncidences incroyables la désignent comme la coupable idéale – tandis que de sombres secrets que Jane aurait sans doute voulu emporter dans la tombe commencent à remonter à la surface ?

Best-Sellers n°457 • thriller

Au cœur du danger - Alex Kava

Des cauchemars, qui la hantent nuit après nuit… Des insomnies, de plus en plus fréquentes. Maggie O'Dell n'aurait jamais imaginé que son travail de profiler du FBI s'insinuerait de la sorte dans sa vie privée, jusqu'à troubler son sommeil. Déstabilisée mais décidée à conserver son sang froid, elle n'hésite pas un instant à se rendre en Floride pour une nouvelle enquête qui se révèle ardue. D'étranges paquets non identifiés ont en effet été repêchés par les garde-côtes, dans les eaux de Pensacola. Des paquets qui ne laissent hélas aucun doute sur le fait que des meurtres ont eu lieu. Sur place, Maggie ne tarde pas à trouver une piste, celle d'un trafic terrifiant. Mais son enquête se complique quand un terrible ouragan se déclare. Au cœur de la tourmente, elle est alors soulagée de pouvoir compter sur l'aide du médecin militaire Benjamin Platt, un homme qu'elle connaît de longue date et à qui elle accorde une confiance absolue. Car ils ne seront pas trop de deux pour exhumer la vérité… au risque d'être ensevelis avec elle.

Best-Sellers n°458 • roman

La baie des promesses - Debbie Macomber

C'est dans la petite ville de Cedar Cove qu'elle ne quitterait pour rien au monde qu'Olivia Lockhart exerce avec passion son métier de juge aux affaires familiales. Un métier qui réserve souvent bien des surprises, comme par cette belle matinée d'été, où elle a affaire à un jeune couple décidé à divorcer alors que leur amour semble encore possible. Mais des surprises, la vie en réserve aussi en dehors du tribunal. Ce journaliste, par exemple, qu'Olivia vient de rencontrer et qui lui fait une cour assidue. Et puis, il y a sa fille, Justine, qu'elle aimerait aider dans ses choix de vie ; sa mère, Charlotte, qui a toujours un nouveau projet en tête ; et sa meilleure amie Grace, qui cherche son mari mystérieusement disparu. Bref, des gens qu'elle aime et qui ont besoin de toute son affection. Des gens qui ne peuvent que se croiser et se retrouver car à Cedar Cove, on n'est jamais loin les uns des autres…

Best-Sellers n°459 • paranormal

Le piège des ténèbres - Gena Showalter

Immortelle dotée de pouvoirs maléfiques qu'elle a toujours rejetés, Gwendolyn désespère d'échapper un jour aux hommes impitoyables et cruels qui la retiennent prisonnière. Pourtant, elle nourrit encore l'espoir secret de voir son père, cet ange aux yeux d'azur et aux grandes ailes blanches dont elle conserve précieusement le portrait depuis son enfance, la libérer de ses ravisseurs – et surtout de la moitié sombre de son être. Mais au lieu de cela, c'est Sabin, un guerrier ténébreux, un prince des seigneurs de l'ombre, qui se présente à elle pour la délivrer. Et semer le trouble dans son esprit. Car comment accorder sa confiance à cet immortel qui ne songe qu'à se battre et dont la violence est légendaire ? N'est-il pas en train de lui tendre un piège encore plus redoutable que celui dans lequel elle est déjà enfermée ? Suivre Sabin, n'est-ce pas prendre le risque de renoncer à jamais au monde dont elle a toujours rêvé ?

Best-Sellers n°460 • suspense

Le silence des anges - Dinah McCall

« Dors, mon ange, dors. » L'inscription, gravée sur le pendentif, est de celles qui vous glacent le sang. Car l'enfant que l'on vient de retrouver, portant ce collier, a été assassinée…
A l'annonce de cette nouvelle, Olivia Sealy est sous le choc. Car la petite fille est morte vingt-cinq ans plus tôt – au moment même où Olivia était enlevée, séquestrée, puis libérée contre rançon. Plus troublant encore : comme Olivia, la petite fille assassinée a une légère déformation à la main… Pour la première fois de sa vie, Olivia se sent en danger, à la merci d'une vérité sur laquelle elle n'a aucune prise. Car il est possible que, vingt-cinq ans plus tôt, on l'ait confondue avec la petite morte…

Best-Sellers n°461 • historique

La duchesse scandaleuse - Nicola Cornick

Angleterre, Régence

Depuis le décès de son mari, Laura, duchesse de Cole, est déterminée à rester libre et sans attaches, excepté ce lien fort qui l'unit à Hattie, sa fille adorée. Une décision irrévocable, croit-elle, jusqu'au jour où elle apprend l'arrivée en ville de Dexter Anstruther. Dexter, le véritable père de son enfant. Le seul homme qu'elle ait jamais aimé et avec lequel elle a passé, jadis, une scandaleuse nuit d'amour… avant de se résoudre à le quitter, dans l'espoir de l'oublier. Peine perdue : quatre ans plus tard, les souvenirs de Laura sont plus vivaces que jamais, tout comme l'attirance irrépressible qu'elle éprouve pour Dexter. Pourtant, cette fois, elle devra tout faire pour l'éviter. Car non seulement Dexter n'a manifestement jamais digéré l'affront qu'elle lui a fait, mais en plus, il ignore tout de sa paternité. Et s'il venait à découvrir la vérité, nul doute qu'il s'en servirait pour se venger d'elle…

Composé et édité par les
éditions Harlequin
Achevé d'imprimer en février 2011

BRODARD & TAUPIN

La Flèche
Dépôt légal : mars 2011
N° d'imprimeur : 61383

Imprimé en France